天国の五人

ミッチ・アルボム　小田島則子・小田島恒志 訳

THE FIVE PEOPLE YOU MEET IN HEAVEN

NHK出版

天国の五人

THE FIVE PEOPLE YOU MEET IN HEAVEN
by Mitch Albom

Japanese translation rights arranged with Mitch Albom Inc.
c/o David Black Literary Agency, Inc., New York
through Tuttle-Mori Agency, Inc., Tokyo

装幀◎坂川栄治＋田中久子(坂川事務所)
カバー写真◎©Steve Marsel/amana images

この本を、私に初めて天国という概念を与えてくれた愛する伯父エドワード・バイツマンにささげます。伯父は毎年感謝祭のご馳走を前に、入院中のある晩目覚めたら、先に死んでしまった大好きな人たちの亡霊がベッドの端に腰掛けて自分のことを待っていた、という体験談を話してくれました。私はこの話が忘れられませんでした。そして、伯父のことも忘れられません。

たいていの宗教に独自の天国があるように人はみなそれぞれの天国を持っていますが、どれひとつとして蔑《ないがし》ろにされていいものはありません。この本に書いた天国はひとつの推測、ひとつの願望にすぎません。つまり、伯父や伯父のようにこの世で自分はつまらない存在だったと思っていた人たちに、自分がどれほど大切な存在で、どれほどみんなから愛されていたのかを知ってもらう場所ということです。

おわり

これはエディという男の物語だが、物語はおわりから、つまり、エディが白日の下で死ぬところから始まる。おわりから始まるなんて奇妙だと思われるかもしれない。しかし、おわりはすべて始まりでもある。ただ、そのときにはそうと気づかないだけで。

エディは人生の最後の一時間を、いつものように広大な灰色の海に臨む遊園地、ルビー・ピアで過ごした。そこにあるのはよくある普通のアトラクションや施設——板張りの遊歩道、観覧車、ジェットコースター、バンパーカー、タフィー・スタンド、ピエロの口にピュッと水を流し込むゲームなどができるゲームコーナー。それと、新たに導入された〈フレディのフリーフォール〉という巨大アトラクション。実はエディはこれの事故で命を落とし、州の新聞という新聞で取り上げられることになる。

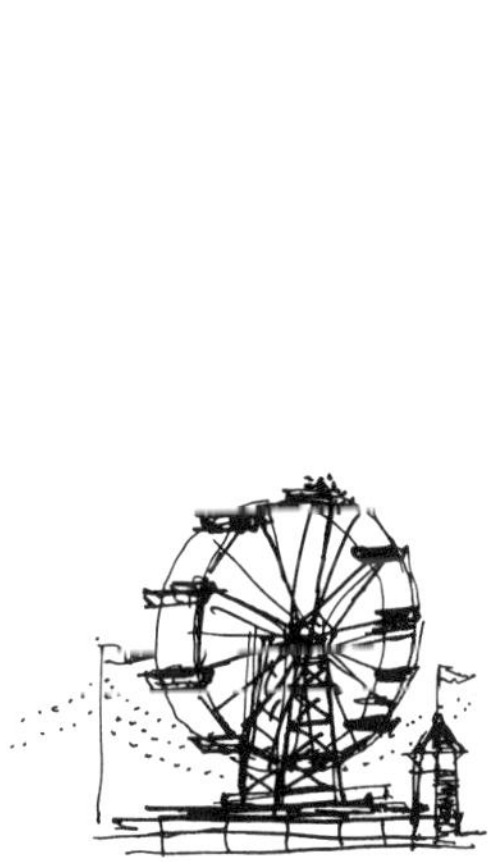

死ぬころのエディは、短い首、ビア樽《だる》のような胸、太い腕をしたずんぐり型の老人で、髪は白く、右肩に入れた陸軍時代のイレズミもだいぶ色あせていた。足は萎《な》えて静脈が浮き出し、戦争で傷ついた左膝《ひざ》は関節炎をわずらい、すっかりいかれていた。どこへ行くにも杖《つえ》をつき、日に焼けたごつい大きな顔と潮風に鍛えられた頬《ほお》ひげと少し突き出た顎《あご》のせいで、自分で思っている以上にえらそうに見えた。いつも左耳の後ろにタバコをはさみ、ベルトにカギ束をぶら下げていた。ゴム底の靴と布製の古びた帽子と薄茶色の制服から見てのとおり、彼は肉体労働者だった。

エディの仕事は乗り物のメンテナンスだったが、仕事の内容は、まさに現場の安全を守ることだった。毎日午後になると遊歩道を歩いて、〈ティルト・ア・ホワール〉から〈パイプライン・プランジ〉にいたるまで、すべてのアトラクションを点検した。割れた板やゆるんだボルトや磨《す》り減った鋼鉄はないかと見て回った。ときどき立ち止まってはじっと目を凝《こ》らし、通りがかった人に何かあったのかと思われることもあった。しかし、彼は聞き耳を立てているだけだった。何年もやっているうちに、シュパシュパ、ガタンガタン、トントンコツコツという機械音を聞いただけで、故障を聞き分けられるようになったと自負していた。

この世での残り時間、五十分。エディはルビー・ピアの最後の点検に歩いていた。年配のカップルの脇を通った。

「どうも」彼は帽子に手をかけてつぶやいた。向こうも丁重にうなずき返した。客たちはエディを知っている。少なくとも常連たちは。毎年夏になると見かける顔だから、あの場所といえばこの顔、と思い出される人物になっていた。

　作業用シャツの胸のところに当て布があり、そこに「エディ」、そしてその下に「メンテナンス」と書いてあったから、それが彼のフルネームであるかのように、「やあ、エディ・メンテナンス」と声をかけてくる人もいた。もっとも、彼としては全然おもしろいとは思わなかったが。

　その日はちょうどエディの八十三回目の誕生日だった。先週医者から帯状疱疹《たいじょうほうしん》だと言われた。帯状疱疹？　なんだそれは？　こう見えてもかつては片腕に一基ずつメリーゴーランドの木馬を抱え上げられたんだ。遠い昔の話だが。

「エディ！」……「乗せてよ、エディ！」……「乗せてぇ！」

　死ぬまで、四十分。エディはジェットコースターのスタート地点に向かっていた。最低でも週に一度はすべてのアトラクションに試乗し、ブレーキやステアリングの具合を確認した。その日はジェットコースター（ここでの名前は〈ゴースター・コースター〉）の日だったから、エディを知っている子供たちはいっしょに乗せてもらいたくて大声を発していた。

　子供たちはエディが好きだった。ティーンエイジャーじゃない。ティーンエイジャーは頭痛の種にしかならない。これまでに、ありとあらゆる種類の無駄飯食《むだめしぐ》いの、悪態をつくしか能のないティーンエイジャーを目にしてきたような気がする。でも子供はちがう。子供たちはエディに——下顎《こご》が突き出て、いつもイルカみたいに笑っているように見えるエディに——信頼を寄せていた。凍えた手がスーッと火に吸い寄せられていくように、子供たちはエディに近づいていった。足もとにまとわりついた。カギ束をいじくり回した。エディはぼそっと文句をつぶやくくらいで、ほとんどしゃべらなかった。自分では無口だから好かれるのだろうと思っていた。

エディは野球帽を後ろ向きにかぶった小さな男の子二人を選んで頭をポンポンとたたいた。二人はジェットコースターに突進してカートに転がり込んだ。エディは乗車係に杖を預けると、二人の少年の間にゆっくりと腰をおろした。

「行けーっ！……出発！」少年のひとりが甲高《かんだか》い声で叫んだ。もうひとりはエディの腕を取って自分の肩に回した。エディが安全バーをおろすと、ジェットコースターはカタンカタンと上がりだした。

エディにまつわるある話。彼はこの埠頭《ふとう》の近くで育ったが、子供のころに路地裏の喧嘩《けんか》に巻き込まれたことがあった。ピトキン・アヴェニューからやってきた五人の少年が兄のジョーを取り囲み、なぐりかかろうとした。エディは一ブロック離れた家の玄関ポーチに座ってサンドイッチを食べていた。そのとき、兄の叫び声が聞こえた。彼はブリキ製のごみ箱のふたをつかんで声のする路地裏へと走り、二人を病院送りにした。

その後何ヶ月もジョーはエディと口をきかなかった。恥ずかしくて。ジョーは長男で、年上だったのに、喧嘩をするのはエディだった。


「もう一回、いい？　エディ？　ねえ、お願い」

あと三十四分の命。エディは安全バーを上げて男の子たちに一本ずつペロペロキャンディーをやると、杖を手に取り、夏の太陽の熱から逃れるためにメンテナンスの作業場へと足を引きずりながら歩いていった。死期が間近に迫っていると知っていたら、こんなところでこんなことはしていなかっただろう。しかし、彼は普段どおりのことをした。明日という日はまたくるに決まっているといわんばかりに、彼はいつもと変わらない、つまらない一日を過ごしていた。

メンテナンス係のひとりで、ひょろっとして頬骨の突き出たドミンゲスという名の若い男が、溶剤用流し台の近くで車輪の油を拭《ふ》き取っていた。

「よお、エディ」彼は言った。

「よお、ドム」エディは言った。

作業場にはおが屑《くず》の匂いが立ちこめていた。中は薄暗く、低い天井とドリルやノコギリやカナヅチがいくつもぶら下がっている壁に圧迫されて狭苦しかった。遊具の骨格となる部品がいたるところにあった――コンプレッサー、エンジン、ベルト、電球、海賊の頭部。壁のある面には釘とネジの入ったコーヒー缶がぎっしり並び、また別の一面には油脂の入った桶《おけ》が数えきれないほど並んでいた。
　エディの口癖――「皿を洗える程度の脳みそがあれば、線路に油を差すのには十分だ。ただ、やればやるほどきれいになるんじゃなくて、汚くなるがね」。実際、エディの仕事はそういうものだった――油を差す、ブレーキを調整する、ボルトを締める、配電盤をチェックする。これまで何度、ここを出てちがう仕事につき、ちがう人生を送りたいと考えたことか。しかし、戦争が起きた。夢は実現しなかった。気がつけば、白髪《しらが》がまじり、だぶだぶのズボンをはき、疲れ果てていて、どうでもよくなっていた。そう、これが彼であり、この先もそうあり続けるだろう。機械のあげる笑い声とフランクフルトソーセージの匂いに包まれて、靴の中にまじる砂を踏みしめながら。死んだ父親と同じように、シャツに書いてあるように、エディはメンテナンス係――メンテナンスの主任――あるいは、子供たちの呼び方で言えば、「ルビー・ピアの乗り物のおじさん」だった。

　あと三十分。

「今日、誕生日だろ、おめでと」ドミンゲスが言った。

　エディは何やらつぶやいた。

「パーティーとかやんねえのか?」

　エディは気は確かかという目で彼を見た。一瞬、わた飴《あめ》の匂いのする場所で年をとるのがなんともちぐはぐな感じがした。

「そうそう、オレさ、来週休むよ、月曜から。メキシコに行くんだ」

エディはうなずき、ドミンゲスは軽く踊って見せた。

「テレーザとね。あっちの家族に会うんだ。パーティーさ！」

エディがじっと見つめているのに気づいて、彼は踊るのをやめた。

「行ったことある？」ドミンゲスが言った。

「どこへ？」

「メキシコ」

エディは鼻から息を吐いた。「外国へ行ったのは、ライフルを担いで送り出されたときだけだ」

彼はドミンゲスが流しに向き直るのを見つめていた。一瞬考えて、ポケットから薄っぺらい札束を取り出すと、そこから二十ドル札をありったけ——といっても二枚——抜き取って差し出した。

「かみさんに何か買ってやれ」エディは言った。

ドミンゲスは差し出されたのが金だと分かると、いきなり笑顔になった。

「おいおい、本気かよ？」

エディはドミンゲスの手のひらに金を押しつけた。それから奥の倉庫のほうへ歩いていった。

板張りの床には何年か前にあけた「釣り穴」があった。エディはプラスチックのふたを取り上げ、海中八十フィート（約二十四メートル）にまで沈められた釣り糸を手繰《たぐ》り寄せた。ソーセージのかけらはまだついていた。

「何かとれた?」ドミンゲスが叫んだ。「何かとれただろう?」エディはこの若造がどうしてこうも能天気になれるのか不思議だった。釣り糸に獲物がかかっていたためしはない。

「そのうちさ」ドミンゲスは叫んだ。「オヒョウでもとれるんじゃないか?」

「ああ」といちおう答えたが、もちろん、こんな小さな穴からそんなに大きな魚を釣り上げられるわけがないのは分かっていた。

あと二十六分。エディは板張り遊歩道を南端まで歩いていった。遊園地はすいていた。タフィー・スタンドの女の子が頬杖をついて風船ガムをふくらませていた。

かつては夏といえば出かける先はルビー・ピアと決まっていた。象がいて、花火が上がって、耐久《マラソン》ダンス競技会《コンテスト》が開かれた。しかし、もう海辺のピアにやってくる人はそうはいない。今ではみんなテーマパークへ行って、チケット代に七十五ドルも払って、モコモコの巨大キャラクターといっしょに写真をとったりする。

エディは足を引きずりながらバンパーカー乗り場を通り過ぎていったが、通りすがりに手すりから身を乗り出しているティーンエイジャーの一団に目をとめた。**おい。**彼は心の中で言った。**なんてことしやがる。**

「こら！」エディは杖で手すりをたたきながら言った。「やめろ、ケガするぞ」ティーンエイジャーたちは彼をにらみつけた。電動自動車のポールがうなっている。ジーッジ、ジーッジ。

「ケガしたらどうすんだ」エディはもう一度言った。

ティーンズたちは視線を交わし合った。髪にひと筋オレンジ色を入れたやつがエディにニタリと笑いかけ、中央のレールにおり立った。

「ほーら、ぶつけてみ?!」幼いドライバーたちに手を振り叫んだ。「ぶつけてみろって！」

エディは手すりを真っ二つにたたき割る勢いで杖を振りおろした。「出てけ！」

ティーンエイジャーたちは逃げていった。

エディにまつわるまた別の話。兵隊だったころ、数えきれないほどの戦闘に参加した。彼は勇敢だった。勲章ももらった。しかし、軍隊生活ももう終わりというときに、味方のひとりと喧嘩をした。そして、傷を負った。相手がどうなったのかは誰も知らなかった。

誰も聞かなかった。

残りあと十九分。エディは古いアルミ製のビーチチェアに腰をおろしたが、そこに座るのはそれが最後となった。筋肉質の短い腕を、アザラシのヒレのように胸の前で組んだ。足は赤く日焼けし、左膝には今も傷跡がのぞいている。いや、膝に限らず、からだの随所が人生の荒波を乗り越えてきたことを物語っていた。多種多様な機械の破損修理のせいで指は奇妙な角度に曲がっていた。彼の言う「酒場のこぜりあい」で何度も鼻を折った。その顎の張った顔も、賞金稼ぎのボクサーがボコボコにパンチを食らう前と同じで、昔はハンサムだったのかもしれない。

今やエディはくたびれているようにしか見えなかった。〈ルビー・ピア遊歩道〉のこの場所は、彼のいつもの休憩所だった。目の前には〈ジャック・ラビット〉が見えるが、そこは一九八〇年代には〈サンダーボルト〉で、一九七〇年代には〈スチールうなぎ〉で、一九六〇年代には〈ロリポップ・スウィング〉で、一九五〇年代には〈闇夜にドッキリ〉で、その前は〈スターダスト・バンド・シェル〉だった。エディはそこでマーガリートと出会った。

誰の人生にも「真実の愛」を収めたひとコマがある。エディのそれは、九月のある暖かい晩のことだった。嵐のあとで遊歩道の板敷きが水を含んでぶわぶわしていた。彼女は黄色い木綿《もめん》のワンピースを着て、髪をピンクのバレットでとめていた。エディは口数が少なくなっていた。緊張のあまり舌が歯にひっついてしまったのだ。ビッグバンド「ロングレッグズ・ディレイニーとエバーグレイズ・オーケストラ」の演奏に合わせて二人で踊った。彼女にレモンフィズを買った。彼女は両親に叱《しか》られないうちに帰るわと言った。それでも帰りがけに振り返って手を振ってくれた。

それが彼のひとコマだった。

その後死ぬまでマーガリートを思い出すときには決まってこの瞬間が――彼女が振り返りざまに手を振り、片方の目に黒髪が振りかかった瞬間が――脳裏に浮かび、昔と少しも変わらぬ猛烈な愛情を感じたものだった。

その晩エディは家に帰ると兄を起こして、未来の花嫁に出会ったと話した。

「寝ろよ、エディ」と兄はうなった。


バシャーン。波が海岸で砕けた。エディは咳払《せきばら》いをした。口の中に込み上げた見たくもないものをペッと吐き出した。バシャーン。昔は年がら年中マーガリートのことを考えていた。今はそれほどでもない。彼女は長年巻いている包帯の下の古傷のような存在になっていて、彼はもうその包帯にすっかりなじんでしまっていたから。

バッシャーン。

帯状疱疹って、なんだ?

バッシャーン。

あと十六分。

おわり

ある物語がそれだけで完結していることはない。ひとつの物語とひとつの物語とがどこかでバッタリ出会うこともあれば、どちらかがどちらかにすっかり覆いかぶさっていることもある。川底の石のように。エディの物語の最終章も、一見、なんの害もなさそうな、何ヶ月も前の別の物語――ひとりの若者が三人の友人と連れ立ってルビー・ピアへやってきたある曇りの晩の物語――に端を発していた。

ニッキーという名のその若者は、まだ車の運転を始めたばかりで、キーホルダーを持ちつけていなかった。車から、ホルダーも何もついていないキーを抜くと、上着のポケットに入れ、それを腰に巻きつけた。

それから数時間、友人たちとスピード系の乗り物で楽しんだ――〈フライング・ファルコン〉〈スプラッシュ・ダウン〉〈フレディのフリーフォール〉〈ゴースター・コースター〉。

「手を離せ!」仲間のひとりが叫んだ。

みんないっせいにバンザイをした。

暗くなってから四人は、くたくたに疲れてはいたが楽しげな笑い声をあげ、茶色の紙袋からビールを取り出し、飲みながら駐車場に戻ってきた。ニッキーは上着のポケットに手を入れて、さぐった。そして、毒づいた。車のキーがなくなっていた。

死ぬまで十四分。エディはハンカチで額をぬぐった。遠く海上では日の光が無数のダイヤモンドのように踊っていて、彼はその機敏な動きをじっと見つめた。戦争以来、彼の足ではそうはいかなかった。

だが、オレだって〈スターダスト・バンド・シェル〉ではマーガリートと……あのときは軽やかに踊った。目を閉じると、二人を結びつけたあの歌、ジュディー・ガーランドが映画でうたっていたあの歌が自然と思い出された。砕ける波と乗り物からあがる子供たちの歓声が織りなす不協和音が歌とまじり合った。

「あなたを愛してしまったの――」

ゴォーーーーーーー。

「――そんなつもりじゃなかったのに――」

バシャーン！

「――なかったのに、あなたを愛――」

キャー！

「――知ってたのね、あなたは――」

ザババザバザバザバザバーー。

「――分かってた……」

両肩に彼女の手が置かれるのを感じた。エディはぎゅっと目をつぶり、思い出を引き寄せようとした。

おわり

あと十二分。

「あのう」

八歳くらいの女の子が目の前に立って、日差しをさえぎった。ブロンドの巻き毛で、ちょん切ったデニムの半ズボンにビーチサンダルをはき、胸にマンガのアヒルのついたライムグリーンのTシャツを着ている。たしか名前は、エイミーだったか、アニーだったか。この夏は何度か見かけた子だが、親は一度も見ていない。

「あのう」彼女はまた言った。「エディ・メンテナンスさん？」

エディはため息をついた。「ただのエディだ」

「エディ？」

「なんだい？」

「あれ作って……」

少女は祈るように両手を合わせた。

「おいおい、一日中ひまなわけじゃないんだから」

「お願い、ひとつだけ、ね、お願い」

エディはどうしたものかと思案するように天を仰いだ。そしてシャツのポケットに手を入れると、これだけのためにいつも持ち歩いている黄色いパイプクリーナーを三本取り出した。

「それそれ！」少女は手をたたいて言った。

エディはパイプクリーナーをねじ曲げ始めた。

「ママとパパはどうした?」

「乗り物に乗ってる」

「大人だけでか?」

少女は肩をすくめた。「ママはボーイフレンドといっしょなの」

エディは顔を上げた。なんてこった。

パイプクリーナーを折り曲げていくつかの小さな輪にすると、それを次々とねじってつなげていった。このごろは手が震えて昔より時間がかかるようになったが、パイプクリーナーは見る見るうちに頭、耳、胴体、しっぽになっていった。

「うさぎ?」少女は言った。

エディはウィンクを返した。

「ありがとぉー!」

少女はくるりと向きを変えると、子供たちが知らず知らずのうちに足を動かしてしまうこの場所のどこかへと姿を消した。エディはまた額をぬぐった。目を閉じ、ビーチチェアに深々と身を沈め、またあの昔の歌を呼び戻そうとした。

カモメが一羽、頭の上でギャーと鳴いて飛び去った。

おわり

人はどうやって最後の言葉を選ぶのか？　その重みが自分で分かっているのか？　必ず何か悟ったような言葉になるものなのか？

八十三歳の誕生日を迎える今日までに、親しい人たちのほとんどに先立たれてしまった。若くして死んだ人もいれば、年をとってから病気や事故で命を失った人もいた。葬式ではよく、参列者から故人と交わした最後の言葉を聞かされた。「彼はまるで自分の死期を知っていたみたいに……」という話が多かった。

エディには信じられなかった。彼に言わせれば、くるべき時がきたら、くる、それだけのことだ。旅立つ瞬間に気のきいたことを言えるかもしれないが、ポロッと愚かなことを言ってしまうことだってありえる。ちなみに、エディの最後の言葉となるのは――「下がれ！」


エディがこの世での最後の数分に耳にした音――波の砕ける音、遠くから地鳴りのように響いてくるロックミュージック、尾翼から広告をぶら下げて飛んでいく小型複葉機のブーンというエンジン音。それと――

「大変！　見て！」

エディは閉じたまぶたの下で目玉だけが標的に向かってすばやく動くのを感じた。長年ルビー・ピアで過ごすうちに、ここでは知らない物音などひとつもなくなっていたし、どんな音がしていても、それを子守唄がわりに眠れるようになっていた。

この叫び声は子守唄の中にはなかった。

「大変！　見て！」

エディはぱっとからだを起こした。太くてくびれのある腕をした女性が買い物袋を下げたまま指差して叫んでいた。彼女の周りには小さな人だかりができていて、みな上空を見つめていた。

エディは一瞬にして見て取った。新しい「タワー・ドロップ」式のアトラクション、〈フレディのフリーフォール〉のてっぺんで、カートが一台「積み荷」を振り落とさんばかりに傾いていた。男性二人女性二人、計四人の乗客を支えているものはもはや安全バーだけで、四人は藁《わら》にもすがろうと必死に手を伸ばしていた。

「大変！」太った女性は叫んだ。「あの人たち！　落っこっちゃう！」

エディのベルトで無線機がガーガー鳴りだした。「エディ！　エディ！」

彼はボタンを押した。「分かってる！　安全確保だ！」

人々はまるでこういう訓練を受けたことがあるかのように、いっせいに指を差して海岸から駆け寄ってきた。**見ろ！　上だ、上！　乗り物がひっくり返ってるぞ！**　エディは杖を握ると乗降口にめぐらされたフェンスに向かって足を引きずった。カギ束が尻に当たってジャラジャラいった。心臓の鼓動が激しくなった。

〈フレディのフリーフォール〉は、腸もよじれるほどの猛スピードで二基のカートが落下し、油圧の急上昇によって墜落直前で止まるしかけになっている。どうしたら一基だけがあんなふうに傾くんだ？　上空に設置された作業用の乗降台の数フィート下のところで、まるで下降を始めたとたんに気が変わりましたとでもいうようにカートは傾いていた。

エディがゲートにたどりついて息をつくと、ドミンゲスが駆け込んできて、彼に激突しそうになった。

「よく聞け！」エディはドミンゲスの肩をつかんで言った。あまりに強くつかまれたのでドミンゲスは顔をゆがめた。

「おい！　上には誰がいる？」

「ウィリーだ」

「そうか。やつが非常停止ボタンを押したんだな。それであんなふうにぶら下がったのか。いいか、ハシゴをのぼっていってウィリーに伝えろ、手動で安全バーをはずして乗客を外に出すんだ。スイッチはカートの裏についてるから、あいつが手を伸ばしてる間、おまえがやつのからだをおさえてやれ。いいか？　いいな……それから……それから二人で――いいか、二人でだぞ、ひとりじゃない、いいな？　救出作業は必ず二人でやれ！　ひとりがもうひとりをおさえる！　分かったな?!　な?!」

ドミンゲスはすばやくうなずいた。

「そのあとで、あのいまいましいカートをおろして、何があったのかを調べる！」

頭がガンガンした。この遊園地ではこれまで大きな事故は一度もなかった。もちろん、この手の恐ろしい話はいくらでも聞いたことがある。昔、ブライトンではゴンドラのボルトがはずれて二人が墜落死した。ワンダーランド・パークでは男がジェットコースターの線路を横断しようとしたことがあった――男は線路の隙間から滑り落ちて、両脇でぶら下がった。そこにはまったまま叫んでいたが、ジェットコースターが猛スピードで突っ込んできて……あれは、最悪だった。

　エディはそういう前例を頭から払いのけた。周りにいる人たちはみな手で口を覆い、ドミンゲスがハシゴをのぼるのを見つめていた。エディは〈フレディのフリーフォール〉の内部構造を思い返した。**エンジン、シリンダー、油圧機、充塡剤**《じゅうてんざい》**、ケーブル**、どうしたらカートがはずれるか？　彼は乗り物の全貌を目で追った。てっぺんでおびえている四人の客から長いシャフトを伝って動力部を内包する土台部分まで視線を滑らせる。**エンジン、シリンダー、油圧機、充塡剤、ケーブル……**。

　ドミンゲスが上の乗降台に到着した。彼はエディに言われたとおり、ウィリーをおさえ、ウィリーはカートの裏の安全装置を解除しようと、身を乗り出した。女性客のひとりがウィリーにしがみついて、ウィリーは危うく引きずり落とされそうになった。見物人たちは息をのんだ。

「待てよ……」エディは言った。

　ウィリーは再びからだを伸ばした。今度は安全装置のスイッチを押すことができた。

「ケーブルか……」エディはつぶやいた。

　安全バーがはずれ、見物人たちから「ああー」という声があがった。乗客四人はすばやく乗降台に引き上げられていった。

「ケーブルがほどけると……」

エディの思ったとおりだった。〈フレディのフリーフォール〉の土台の中で、滑車がひとつ数ヶ月前からロックされた状態になっていて、第二カートを吊っているケーブルがそこでこすれていた。ケーブルの鋼鉄製のワイヤは、とうもろこしの皮を一枚ずつはがしていくように徐々に引きちぎられ、ついに切断直前の状態にいたった。誰も気づかなかった。気づくわけがない。土台の内部にまで這《は》っていける者がいれば、この原因となった意外なものを見つけられたかもしれないが。

滑車をロックしていたのは、絶妙のタイミングで隙間から入り込んだ小さな物体だった。車のキー。

「カートを動かすな!」エディは両腕を振り回して叫んだ。「おい!　おーい!　原因はケーブルだ!　カートを動かすな!　切れるぞ!」

彼の声は見物人の声にかき消された。ウィリーとドミンゲスが最後の乗客をおろすと、歓声がわきあがった。四人全員無事だった。彼らは乗降台で抱き合った。

「ドム!　ウィリー!」エディは叫んだ。誰かが彼の腰にぶち当たり、無線機が地面にたたき落とされた。エディはかがんでそれを拾った。ウィリーはコントローラーに向かっていた。ウィリーは緑のボタンに指をのせた。エディは見上げた。

「ダメだ、ダメだ、ダメだ！　やめろ！」

エディは群集を振り返った。「下がれ！」

その声にはどこか人々の注意を引くものがあった。みな歓声をあげるのをやめて下がり始めた。

〈フレディのフリーフォール〉の足もとががらんとあいた。

そしてエディはその生涯で目にする最後の顔を見た。

彼女は金属製の土台の上に、まるで誰かに突き飛ばされたかのように尻もちをついていた。鼻水をたらし、目に涙をため、手にはパイプクリーナーの動物を抱えていた。エイミーだったか？　アニーだったか？

「マ……ママ……ママ……」少女はほぼ一定のリズムでしゃくりあげていたが、からだのほうは泣きじゃくる子供特有の麻痺《まひ》状態に陥っていた。

「マ……ママ……ママ……ママ……」

少女からカートへと視線を走らせる。間に合うか？　少女からカートへ。

ガチャン。遅かった。カートが下降し始めた。「しまった、ブレーキをはずしちまったか！」

エディの目の前の何もかもが、水中での動きのようになった。彼は杖を手放し、悪いほうの足を軸に踏み出し、激痛で卒倒しそうになった。大きく一歩。もう一歩。〈フレディのフリーフォール〉のシャフトの中でケーブルの最後のワイヤがプツリと切れ、油圧機の線も引きちぎられた。

おわり

第二カートは断崖からはがれ落ちる岩石のごとく一直線に落下した。もう何ものも止めることはできない。

最後の数秒で、エディは世界中の音を聞いた気がした——遠くの叫び声、波、音楽、突風。そして、低く、大きく、耳障りな音。が、これは胸の奥から鳴り響いてくる自分の声だった。少女は両手を差し出した。エディは猛進した。悪いほうの足がガクンと折れた。少女に向かって半分飛ぶように、半分転がるように突進し、金属製の土台の上に飛び込んだ。「エディ・メンテナンス」と書かれた当て布の下のあたりが引きちぎられ、皮膚まで裂けた。彼の両手に二つの手が触れた。二つの小さな手が。

ものすごい衝撃。

目のくらむ閃光《せんこう》。

そして、何もなし。

今日はエディの誕生日

一九二〇年、町のもっとも貧しい地区の混雑した病院。エディの父親は待合室でタバコをふかしているが、タバコをふかしている父親がほかに何人もいる。クリップボードを手に看護婦が入ってくる。彼の名前が呼ばれる。発音がまちがってはいるが。ほかの父親たちは煙を吐き出す。オレか?

彼は手を上げる。

「おめでとうございます」と看護婦は言う。

彼は看護婦のあとについて靴底をパタパタいわせながら廊下を歩いて新生児室へと向かう。

「ここでお待ちください」看護婦が言う。

ガラスの向こうで看護婦が木製のベビーベッドにつけられた番号をチェックしている。ひとつ通り過ぎた。これはちがう。次、これもちがう。次、これもちがう。

彼女の足が止まる。これだ。毛布に包まれ、小さな頭にブルーの帽子がかぶせられている。

彼女はもう一度クリップボードをチェックして、それから指差す。

父親は深々と息を吸い、うなずいてみせる。一瞬、川の中へ崩れ落ちる橋のように彼の形相《ぎょうそう》がぐしゃんと崩れたかに見える。それから、にっこりほほ笑む。

オレの子だ。

旅

最後の瞬間、エディは何も見なかった。ピアも群衆も砕け散ったファイバーグラスのカートも。死後の物語といえば、魂が別れの場面の上空へ浮かび上がったりすることがよくある。高速道路の事故現場に急行したパトカーの上を漂ったり、蜘蛛《くも》みたいに病院の天井にしがみついていたり。こういうのはセカンドチャンスを得る人たち、つまり、なんらかの理由でこの世での地位を取り戻せる人たちの話だ。

どうやらエディにはセカンドチャンスはなかったようだ。

どこだ……?

どこ……?

どこ……?

空は橙色《だいだいいろ》にかすみ、次に濃いトルコブルーになり、それから明るいライムグリーンになった。

エディは両腕を突き出したままの格好で浮かんでいた。

どこだ……？

カートが落ちてきた。それは覚えている。女の子——エイミー？　アニー？——が泣いていた。それも覚えている。突進したのも覚えている。土台の上に飛び込んだのも覚えている。手には二つの小さな手の感触も残っている。

それから……？

あの子を救えたのか？

まるで何年も昔のことのように、遠景に思い描くことしかできなかった。さらに奇妙なことに、あの瞬間の感覚はまるで感じられなかった。ひたすら穏やかな気分だ、母の腕に抱かれた子供のような。

どこだ……？

周囲の空の色がまた変わった。グレープフルーツ色に、それから、深緑色に、そして、ピンクに。このピンク色を見てエディがまず連想したのはわた飴だった。

あの子を救えたのか？

あの子は無事だったのか？

どこだ……

……悩みや、痛みは、どこへ行った？

なくなっていたのはそれだった。これまでさんざん苦しみ耐えてきた痛みは、吐く息のごとく消えていた。なんの苦痛も感じなかった。悲しみも感じない。感じ取れるのは煙みたいにふわふわしているということだけで、ただひたすら穏やかだった。下のほうでまた色が変わった。何かが渦巻いている。水、海。彼は広大な黄色い海の上に浮かんでいた。今度はメロン色に変わった。さらにサファイア色に。それから彼は下降し始めて、海面に突っ込んでいった。想像したこともないほどのスピードで落ちていったが、顔にはそよとも風は当たらず、恐怖も感じなかった。海岸の砂が黄金に輝いて見える。

そして海中へ。

何もかも静まり返っていた。

どこへ行った、オレの悩みは？

どこへ行った、オレの痛みは？

今日はエディの誕生日

五歳。ルビー・ピアの日曜の午後。細長く続く白浜を見おろす板張り遊歩道にはピクニック用のテーブルが何台も並べられている。青いろうそくの立てられた真っ白なケーキ。オレンジジュースの入ったボウル。ピアで働く人々が動き回っている——客引きたち、ショーの出演者たち、動物の調教師たち、それと、漁師たち。エディの父親がいつものようにカードをしている。エディはその足もとで遊んでいる。兄のジョーが年配の女性たちの前で腕立て伏せをしてみせ、女たちは関心のあるふりをしておざなりな拍手を送る。

エディは誕生日プレゼントの赤いカウボーイハットにおもちゃのホルスターを身につけている。立ち上がると大人たちの間を駆け回ってはおもちゃのピストルを抜いて「バン！　バン！」とやっている。

「ほら、こっちへ来い」ミッキー・シェイがベンチから手招きする。「バンバン！」とエディは進んでいく。ミッキー・シェイは父と同じ乗り物のメンテナンスをしている。太っていて、サスペンダーをしていて、いつもアイルランドの歌をうたっている。この男は咳止め薬みたいな変な臭《にお》いがするとエディは思っている。

「ほら来い、バースデーバンジーをしてやる」と彼は言う。「アイルランド式の」

不意にミッキーの大きな手がエディのわきの下に入り、ヒョイと持ち上げられたと思ったら、足首をつかまれて逆さ吊りにされた。カウボーイハットが落ちた。

「気をつけてよ、ミッキー！」と母が叫ぶ。父は顔を上げると笑みを漏らしただけで、またカードに注意を戻す。

「ホ、ホウ、つかまえたぞ」ミッキーは言う。「年に一度のバースデーバンジーだ」

ミッキーはエディの頭が地面につくぎりぎりのところまでエディをそっとおろす。

「いーち」

ミッキーはエディをまた持ち上げる。ほかの人たちも笑いながら加わってくる。みんなで叫ぶ。

「にーぃ！　さーん！」

逆さまで、誰が誰だか分からない。頭に血が下がってくる。

「しーぃ！……！」いっせいに。「ごぉ！」

またヒョイと上下もとに戻され、地面に足をおろす。みんなが手をたたく。エディは帽子に手を伸ばし、転ぶ。起き上がってミッキーのほうへよろよろと歩み寄り、彼の腕にパンチを食らわす。

「おいおい！　なんの真似だ、ちびっこ？」ミッキーが言う。みんなが笑う。エディはくるりと背を向けて駆けだす。が、三歩と行かずに母親の腕に飛び込む。

「大丈夫、エディ？」目の前数インチに母の顔がある。深紅の唇とふっくらした頰と波打つ茶褐色の髪が見える。

「ぼく、逆さまだった」エディは言う。

「見てたわ」母は言う。

彼女はエディの頭に帽子をかぶせる。そしていっしょにピアを歩いて、たぶん、象に乗せてくれる。あるいは、漁師が前の晩にしかけた地引網を引き上げるところへ行って、魚が濡れたコインのように輝いて跳ねるのをいっしょに見るかもしれない。母はきっと手を握って、こんなにいい子でお誕生日を迎えられたから神様もきっと誇りに思ってくださるわと言ってくれるだろう。

そうすればひっくり返った世界ももとどおりになるだろう。

到着

エディはティーカップの中で目覚めた。遊園地の昔の乗り物だ――黒々と磨かれた木でできていて、クッションつき座席とスチール製の蝶番《ちょうつがい》でとめたドアのある大きなティーカップ。エディは両手両足をティーカップの縁にだらりとかけていた。空の色は、こげ茶から深紅へと、相変わらず変化し続けていた。

本能的に杖に手を伸ばした。ここ数年、日によっては杖がないとベッドから起き出せない朝もあったから、いつもベッドの脇に置いていた。どうしてこんなことになっちまったのか？　その昔、挨拶《あいさつ》がわりに相手の肩にパンチを食らわせたりもしていたのに。

しかし、杖はなかった。エディは息を吐いてからだを起こしてみた。驚いた。背中が痛くない。足も震えない。さらにぐっと力を入れたら楽々とティーカップの縁を乗り越えられた。そのままぎこちなく地面に降り立つと、とっさに三つのことを思った――

第一に、気分がいい。

第二に、ひとりぼっちだ。

第三に、まだルビー・ピアにいる。

といっても、ちがっていた。キャンバス地のテントが立ち並び、草ぼうぼうの空き地がところどころに広がり、海に突き出た苔《こけ》むした防波堤にいたるまで、視線をさえぎるものはほとんどなかった。アトラクションの色も、消防署の赤とクリームがかった白だけで――青緑や海老茶《えびちゃ》といった色はなく――乗り物のひとつひとつに木造のチケット売り場がついている。彼が目覚めたティーカップは原始的アトラクションのひとつで、〈スピン・オ・ラーマ〉という名前がつけられていたものだ。看板はベニヤ板で、プロムナードの両側に立ち並ぶ店の正面にも同じようなベニヤ板の看板が低い位置に取りつけられていた。

エル・チアンポ・シガーズ！　さあ、これぞタバコ！

チャウダー　十セント！

ライド・ザ・ウィッパー――世紀のセンセーション！

エディは強く目を瞬《またた》いた。子供のころのルビー・ピアだ。七十五年ほど前の姿で、何もかもができたてのほやほやだ。向こうには〈ループ・ザ・ループ〉（何十年も前に撤去された）、あっちには一九五〇年代に取り壊された更衣室と海水プールがある。空高く聳《そび》え立っているのは最初の観覧車（真っ白だ）、その向こうには彼の家の近所の通りと、隙間なく連なる赤レンガ造りの家屋の屋根と、窓から張られた洗濯用ロープまで見える。

エディは叫び声をあげようとした。が、空気しか出てこなかった。「ヘイ！」と口を動かしてみたが、喉《のど》からは何も出てこなかった。

腕と脚をつかんでみた。声が出ないこと以外は、信じられないくらい調子がよかった。グルグル歩いてみた。飛び上がってみた。どこも痛くない。この十年、痛みにひるまず歩くとか、腰の状態を気づかわずにどっかりと座るなんてことはすっかり忘れていた。外見はその日の朝と変わらなかった。ずんぐり太って、ビア樽のような胸をして、帽子に半ズボンにメンテナンス係用の茶色い作業服を身につけた老人。ところが、しなやかだった。実際、かかとの後ろ側を手でさわれるし、腿《もも》を腹につくまで上げることもできる。エディはこの新しい身体構造にすっかり夢中になり、幼い子供のように自分のからだをいろいろ試してみた。まるでくにゃくにゃとからだを曲げてみせるサーカスの「ゴム人間」だ。

それから走ってみた。

は、はっ！　走ってるぞ！　エディはあの戦争以来、六十年以上も走ったことがなかったのに、今、走っている。こわごわと数歩踏み出したあとは、若き日の、走ってばかりいた少年のころのようにぐんぐんスピードを上げて――もっと速く、もっと速く――ついには全速力で走っていた。板張り遊歩道を走り、釣り客用の「エサと釣り具一式（五セント）」スタンドを走り過ぎ、水泳客用の「水着レンタル（三セント）」スタンドも走り過ぎた。〈ディプシー・ドゥードル〉という名のコースターの前を通り過ぎ、尖塔《せんとう》やミナレットや玉葱《たまねぎ》型ドームなどの立ち並ぶムーア様式の壮大な建物群を見上げながら、ルビー・ピア・プロムナードも走った。それから、木彫りの馬と鏡と自動演奏オルガンでできた〈パリの回転木馬〉。何もかも真新しくてピカピカだ。つい一時間前（たぶん）には作業場であれの部品の錆《さび》をこすり落としていたというのに。

昔のメインストリートの中心まで走っていった。かつてはここで、「体重当て屋」と占《うらな》い師とジプシー（ロマ）の踊り子たちが働いていた。彼は顎を引くと、グライダーのように両腕を水平に広げて走り、数歩ごとにジャンプした。走っているうちに本当に飛べる気になってしまった子供みたいに。傍《はた》から見たらバカみたいだっただろう。白髪頭の修理工がひとりで飛行機の真似をしているなんて。しかし、誰の中にも、いくつになっても、走り回る少年はいる。

と、そのとき、エディは走るのをやめた。何か聞こえた。声だ、かすかな、まるでメガフォンから漏れてくるような声。

「次なるものをお目にかけましょう。こんな恐ろしい光景をごらんになったことがあるでしょうか？……」

エディは大きなテントの正面に設置された、誰もいないチケット売り場に立っていた。見上げると看板があった。

世紀のおもしろ人間ショー
ルビー・ピアのスペクタクルイベント！
なんとビックリ！　デブ人間！　骸骨《がいこつ》人間！
野生人間をごらんあれ！

余興。ショーハウス。見世物小屋。

たしかこれは、五十年以上も前、テレビが普及して、わざわざショーハウスまで来なくても想像力をかき立てられるようになったころに、廃止されたはずだ。

「この野蛮人をとくとごらんください、世にも奇妙な男でござい……」

エディは入り口から中をのぞいた。昔ここには奇妙な人たちがいた。ジョリー・ジェーン――体重が五百ポンド（約二百二十七キロ）以上もあって、彼女が階段を上がるには大人の男二人がかりだった。シャム双生児の姉妹――背骨でくっついていて、何か楽器を演奏していた。剣を飲む男、ひげの生えた女、引っ張られて油に浸《ひた》されゴムのようになった皮膚が、手足からぶらぶらぶら下がっているインディアンの兄弟。子供心にもエディはこのショーハウスの人たちを気の毒に思っていた。ブースの中や、ステージの上や、ときには鉄格子の檻《おり》の中に座って、前を通る客たちにじろじろ見られ、指を差される。いつも呼び込みが派手に宣伝していたが、今さっきエディが聞いたのは、その呼び込みの声だった。

「どういう運命のいたずらで、かくも哀れな人間が生まれたのか！　みな様にとくとごらんいただくために、世界の果てからはるばる連れてまいりました……」

エディは電気の消された入り口に入った。声は一段と大きくなった。

「哀れなこの男、運命のなせるいたずらに今日まで耐えて……」

声は舞台の向こう側から聞こえていた。

「世界広しといえども、こんな近くで見られるのは、ここ、『世紀のおもしろ人間ショー』だけ……」

エディはカーテンを開けた。

「この、世にも奇妙な男をどうか……」

呼び込みの声が消えた。エディは信じがたい思いであとずさりした。

ステージの上に置かれた椅子に、ぽつんとひとり、細身でなで肩の中年の男が上半身裸で腰かけていた。ベルトの上で腹がたるんでいる。髪は短く刈り込まれている。唇は薄く、長い顔はげっそりこけている。ある特徴がなかったら、彼のことなどエディはとっくに忘れていただろう。

皮膚が青かった。

「やあ、エドワード」彼は言った。「ずっと君を待ってたんだよ」

天国で会う最初の人物

「こわがらないでいい……」ブルーマンはゆっくり椅子から立ち上がりながら言った。「こわがらないで」

優しい声で話しかけられたものの、エディは目を見開いたままでいた。実は、彼のことは知っているとはいっても会ったことがある程度だった。その彼となぜここで会うんだ？　彼は、たとえて言うなら、朝目覚めてから「信じられない人が夢に出てきたよ」と言いたくなる類《たぐい》の人間だった。

「子供のころのからだみたいだって感じたろう？」

エディはうなずいた。

「私を知っていたころの君は子供だったからね。まずはあのころと同じ感覚に戻ったというわけだ」

まずは？　エディは考えた。

ブルーマンは顎をしゃくりあげた。灰色がかったブルーベリー色の肌はグロテスクだった。彼の指にはしわが寄っていた。彼は小屋の外に出た。エディもついていった。ピアには人気《ひとけ》がなかった。海岸にも誰もいなかった。もしかして、地球上から誰もいなくなったのか？

「ちょっと、いいかな、聞いても」ブルーマンは言った。

彼は遠くに見える二山の木造ジェットコースターを指差した。〈ザ・ウィッパー〉だ。一九二〇年代製で、低摩擦《ていまさつ》車輪ができる以前のものだから、カーブであまりスピードを出すと脱輪する危険があった。「ザ・ウィッパー。今でもあれが『世界一速い乗り物』かい？」

エディは、ゴトンゴトンと音を立てる昔のその乗り物に目を向けた。もう何年も前に取り壊されたものだった。彼は首を振った。

「やっぱりな」ブルーマンは言った。「そうだろうと思ってたよ。ここでは何も変わらないから。雲の下をのぞくわけにもいかないし」

ここ？　エディは考えた。

ブルーマンはまるで、エディの質問が聞こえたかのようにほほ笑んだ。肩に手を置かれると、これまで感じたことのないほどの温かさが体内に波打った。

どうやってオレは死んだんだ？

「事故だったんだ」ブルーマンは言った。

死んでどれくらいになる？

「一分。一時間、一千年」

ここはどこだ？

ブルーマンは唇を開くと、じっくり考え込むようにエディの質問を繰り返した。「ここはどこかって？」彼は振り返って両腕を上げた。と、突然、昔のルビー・ピアの乗り物が息を吹き返した。観覧車が回り、〈ドジェムカー〉がぶつかり合い、〈ザ・ウィッパー〉がゴトンゴトンとひとつ目の山をのぼり、〈パリの回転木馬〉が自動オルガンの陽気なメロディーに合わせて真鍮《しんちゅう》のポールを上下させ始めた。空はレモン色になった。

「どこだと思う？」ブルーマンが聞いた。「天国さ」

ちがう！ エディは激しく首を振った。**ちがう！**

ブルーマンはおもしろがっているようだった。

「ちがう？　天国のはずはないって？」彼は言った。「どうして？　自分が育ったところだから？」

エディは口を**イエス**と動かした。

「そうか」ブルーマンはうなずいた。「まあね、自分の生まれたところのよさが分かる人間はそうはいないからな。でも、天国っていうのは一番ありそうにない片隅にあるものなんだ。それに、天国にもいろいろと段階があってね。ここは私にとっては二番目だが、君にとっては第一段階ってわけだ」

彼はエディを連れてピアを回った。タバコ売り場、ソーセージ・スタンド、そして、カモたちが一セント残らず吸い取られる「賭博《とばく》屋台」を通り過ぎた。

天国? エディは考えた。バカな。大人になってからはずっと、ここを逃げ出すことばかり考えていた。ここは遊園地、それだけのことだ。歓声をあげたり、水浸しになったり、何ドルも出してキューピー人形を買ったり。こんなところが祝福された安息の地になるなんて考えられない。

エディはもう一度しゃべってみた。今度は胸のあたりから小さなつぶやき声がした。ブルーマンは振り返った。

「そのうち声も出るさ。みんなそうなんだ。到着したてのころはしゃべれない」彼はほほ笑んだ。「人の話をちゃんと聞けるように」

「天国では五人の人に会う」ブルーマンは唐突にこう言った。「我々はみな、君の人生になんらかの理由で関わった人間だ。君は気がついてなかったかもしれないが。だからこその天国なんだ。地上にいたころの人生を理解するためのね」

エディは、わけが分からないという顔をした。

「みんな天国は楽園だと思ってるだろう? 雲に乗って、川や山でのんびり過ごすところだって。でも、慰めのないただの景色じゃ意味ないじゃないか。これは神様からの最高の贈り物なんだ。

人生に起きたことが分かる。すべてに説明がつく。それこそ誰もが求める平安だ」

　エディは咳をして、声を絞り出そうとした。もう黙っているのにはうんざりだ。

「私が君のひとり目だ、エドワード。私も死んだとき、五人の人間に自分の人生のことを教えてもらった。そして、今度は私が君を待つ番になった。君が出会う五人の先頭に立って、私の物語を伝えるために。そして、それが君の物語の一部になる。あとの四人もどこかで待ってるはずだ。君の知っている人もいれば、知らない人もいるだろうけど。でもみんな、生きていたときに君の人生を横切った人たちだ。そして君の人生を永遠に変えた人たちだ」

　エディは懸命に胸から音を押し出した。

「なんで……」ついにしゃがれ声が出た。まるで殻を破って生まれ出てくるヒヨコのようだった。

「なんで……あんたは……」

　ブルーマンは辛抱強く待った。

「なんで……あんたは……死んだ?」

　ブルーマンはちょっとびっくりしたようだった。それから、エディにほほ笑んだ。

「君のせいで」彼は言った。

今日はエディの誕生日

七歳の誕生日のプレゼントは、真新しい野球のボール。彼は左右の手で交互にボールを握り、力が腕を伝って上がってくるような感覚を味わう。〈クラッカー・ジャック・コレクターカード〉の中でも特にお気に入りのヒーローのひとりになった気分だ。

「へい、パス」兄のジョーが言う。二人はメインストリートを走り、ゲームコーナーの脇を駆け抜ける。緑のビンを三本倒したらストローをさしたココナッツがもらえるゲームもある。

「おい、エディ」ジョーは言う。「投げろって」

エディは立ち止まり、スタジアムに立つ自分の姿を思い浮かべる。ボールを投げる。兄は腕を引っ込めて身をかわす。

「強すぎるよ!」ジョーが叫ぶ。

「ぼくのボール!」エディが甲高い声で言う。「ちゃんと取れよ、ジョー」

エディはボールが遊歩道にはずんで柱に当たり、ジョー・テントの裏手の小さな空き地に転がっていくのを見つめる。彼はボールのあとを追う。ジョーも追う。二人は遊歩道から地面へとおりる。

「あった?」エディが言う。

「ねえな」

バンという音に二人ははっとする。テントの入り口が開く。エディとジョーは顔を上げる。

異様に太った女性と、体中真っ赤な毛で覆われた上半身裸の男が出てくる。見世物小屋の見世物たち。

子供たちは凍《こお》りつく。

「いい子ちゃんが、こんなところで何してんだ？」毛むくじゃらの男がニヤニヤ顔で言う。「いたずらでもしかけようってのかい？」

ジョーは唇を震わせる。そして泣きだす。ジョーはきびすを返すと、猛烈に腕を振りながら逃げていく。エディも退散しようとする、が、そのとき木挽《こび》き台の脇に転がっているボールが目に入る。彼は上半身裸の男を見つめながら、ゆっくりとボールのほうへ歩み寄る。

「これ、ぼくの」エディは小声で言う。ボールを拾い上げ、兄のあとを追う。

「そんな、まさか」エディはガラガラ声で言った。「オレはあんたを殺してなんかない。だろ？あんたとは知り合いってわけでもなかった」

ブルーマンはベンチに腰かけると、客の心を解きほぐそうとでもするかのように、ほほ笑んだ。エディは立ったままで防御の姿勢を崩さなかった。

「私の本当の名前から始めようか」ブルーマンは言った。「クリスチャンネームはヨゼフ・コルヴェルツキ。ポーランドの小さな村で仕立屋の息子に生まれた。一八九四年に一家でアメリカに渡ってきたときは、まだほんの子供だった。母が船の手すりの上に抱き上げてくれたのが私の最初の記憶だ。新世界の風を浴びながら、母に揺さぶられたのが。当時の移民はたいていそうだったが、私たちも一文なしだった。おじの家のキッチンにマットを敷いて寝た。父はいたしかたなくいわゆる搾取《さくしゅ》工場で、コートにボタンを縫いつける職についた。十歳になると、私も学校をやめて父といっしょに工場で働くことになった」

エディはブルーマンのあばた顔とその薄い唇とたるんだ胸を見た。**どうしてこんな話をオレにするんだ？**　エディは考えた。

「私は生まれつき神経質でね。それが工場の騒音のせいでますますひどくなった。そんなところで働くには幼すぎたんだな。世間を呪《のろ》い、毒づいてばかりいる大人たちにまじって働くには。

工場長が近づいてくると、決まって父に言われたもんだ。『下を向いてろ。目立たないように』ところがあるとき、つまずいて袋を落とし、ボタンを床にばらまいてしまった。工場長に、この役立たずめ、役立たずのガキはクビにするぞ、と怒鳴《どな》られた。今でもあのときの光景が目に浮かぶよ。父は物もらいみたいに工場長にすがって謝る、工場長はせせら笑い、手の甲で鼻をぬぐう。私はおなかがよじれるほど痛くなる。と、そのとき、何か生温かいものが腿を伝い落ちるのを感じて下を見た。工場長が私の汚れたズボンを指差して笑った。ほかの工員たちも笑った。

その後、父は私とはいっさい口をきかなくなった。恥をかかされたと思ったから。まあ、父の立場に立ってみればそうかもしれない。けど、父親が息子をダメにするってこともある。実際、私はあのあとすっかりダメになってしまった。神経質な子供は、青年になってもそのままだ。最悪なのは夜で、いくつになってもおねしょが直らなくてね。朝になってこっそり汚れたシーツを洗面器につけたもんだ。ある朝、目を上げると父が立っていた。父は汚れたシーツを見て、私をにらみつけた。あのときの目は、絶対に忘れられない。まるで親子の縁を断ち切ってやりたいとでもいうような目だった」

ブルーマンはここでひと息ついた。彼のその液体に浸したような肌は、ベルトのあたりでわずかにたるんで小さな段々になっていた。エディはどうしても視線をそらせなかった。

「昔からこんな見世物だったわけじゃないんだ」彼は言った。「あのころは薬が発達してなくてね。神経に効く薬を買いに薬局へ行ったら、薬剤師が硝酸銀をひと瓶《びん》取り出して、水で割って毎晩飲むようにと言ったんだ。硝酸銀。その後有害と認定された薬品。でも、そのころはそれしかなくて。飲んでもいっこうに効き目があらわれないから、てっきり飲み方が足りないのかと思って量を増やした。二口、ときには三口も、水で割らずにそのまま。間もなくみんなが妙な目で私を見るようになった。肌が灰色に変わってきたんだ。

恥ずかしくて、動揺して、硝酸銀の量をさらに増やしていったら、ついには肌が灰色から青色に変わってしまった。副作用でね」

ブルーマンはまたひと息ついた。声が低くなった。

「工場はクビになった。ほかの工員たちがこわがるからと工場長に言われて。でも、仕事なしでどうやって食べていける？　どこで生きていける？

それでもなんとか、ある酒場で雇ってもらった。そこなら店内が薄暗くて、帽子とコートで全身を隠せたんでね。ある晩、サーカスの一団が店の奥に陣取って、みんなでタバコをふかしながらワイワイやっていた。その中に、木の義足をつけた、こびとの男がいて、ずっと私を見ていたんだ。そして、ついに私のところへやってきた。

閉店するころには私も一団に加わることになっていた。こうして自分を商品にして生きる人生が始まったってわけだ」

エディはブルーマンの顔にあきらめの表情が浮かんだのに気づいた。ショーハウスの出演者たちはどこからやってきたのだろうと、昔はよく考えた。きっとひとりひとりに悲しい過去があるにちがいない。

「サーカス団では、いろんな名前で呼ばれたよ。北極のブルーマンとか、アルジェリアのブルーマンとか、ニュージーランドのブルーマンとか。もちろん、行ったことのない場所ばかりだけど、エキゾチックな人間だと思われるのは悪くなかったよ、看板の上での話だけならばね。『ショー』そのものはごく単純なものだった。上半身裸で、ただステージに座る。人が前を通ると、呼び込みが『かくも哀れな男でございい』としゃべりだす。おかげで少しは金も手に入った。支配人から、うちの小屋で『最高の見世物』という称号をもらったこともあった。悲しい話だが、私としては、そう言われて誇らしくもあった。ずっとつまはじきにされているとね、石を投げられてもその石がいとおしく思えるものなんだ。

ある年の冬、私はこのピアへやってきた、ルビー・ピアへ。ちょうど『世紀のおもしろ人間ショー』が始まる年だった。で、サーカス団にいていつも馬車でガタゴト揺られているより、ひとところに落ち着きたいと思ってね。

ここが私の家になった。ソーセージ屋の上の部屋で暮らし、夜になるとカードをした。ショーの連中や、ブリキ職人や、君のお父さんともやったな。朝早い時間だと、長めのシャツを着てタオルをかぶってさえいれば、人目を気にせずに海岸を散歩することもできた。つまらないことだと思うかもしれないが、私にとってはそれまでついぞ味わったことのない自由だったんだ」

彼は話をやめて、エディを見た。

「分かったかい？　どうして今、我々がここにいるのか？　ここは君の天国じゃない、私の天国なんだ」


ひとつの話を二つのアングルから見るとどうなるか？

たとえば、一九二〇年代後半の六月の、ある雨の日曜の朝、エディが友人たちとキャッチボールをして遊んでいたときのこと。そのボールを誕生日のプレゼントにもらってからじき一年になろうとしていた。ボールはエディの頭上を越え、通りへ飛んでいく。黄土色《おうどいろ》のズボンに毛糸の帽子をかぶったエディがあとを追い、一台の車――フォード・モデルA――の前に飛び出す。車はキキーと悲鳴をあげ、方向を変え、危ういところでエディをかわす。エディは身震いして息を吐き、ボールを拾うと、友だちのもとへダッシュで戻っていく。子供たちはボール遊びをやめて、ゲームコーナーへと走っていき、〈エリー・ディガー〉――鉤《かぎ》つめ型の機械が小さなおもちゃをつまみ上げるゲーム――に興じる。

次に、今の話を別のアングルから見てみよう。ひとりの男が友人からフォード・モデルAを借りて運転の練習をしている。路面は朝から降り続く雨で濡れている。と突然、通りに野球のボールが転がってきて、あとから少年が飛び出す。運転手はブレーキペダルをぐっと踏み込み、ハンドルを切る。車はタイヤをキキーときしらせながら横滑りする。

男はなんとか体勢を立て直し、モデルAはまた走り続ける。子供の姿はもうバックミラーから消えていたが、男のからだには余韻が残っている。あわや惨事になるところだったと考えると、アドレナリンが急上昇し、心臓の鼓動が恐ろしいほど速くなり、もともと心臓が強くないだけに全身からスーッと血の気がひいていく。男はめまいを感じて一瞬ガクンと頭を垂れる。もう少しで別の車に衝突しそうになる。クラクションを鳴らされ、男はまたあわててハンドルを切り、さらにハンドルをグルグル回転させながらブレーキペダルを踏む。大通りを横滑りしてそのまま脇道へ入る。車は駐車中のトラックの後部に追突して止まる。鈍い衝突音がする。ヘッドライトが砕け散る。衝撃で男はハンドルに突っ伏す。額から出血する。男はモデルAから外に出ると、車の破損具合を確認して、濡れた歩道に崩れる。腕が震え、胸が痛む。日曜の朝。脇道には誰もいない。男は車の側面に寄りかかったまま、誰にも気づかれずにいる。血管を流れる血は、もはや心臓へ流れ込んではいない。一時間が過ぎた。警察官が彼を発見する。検死官が彼の死亡を確認する。死亡原因は「心臓発作」と記録される。ほかに原因は考えられない。

ある話を二つのアングルから見るとどうなるか？　同じ日の同じ時間の話だが、一方は黄土色のズボンの少年がゲームセンターで〈エリー・ディガー〉に小銭をつぎ込んでいる幸せそうな場面で締めくくられ、一方は町の死体安置所で職員が運ばれてきた遺体の肌の青いのに驚いて仲間の職員を呼び寄せるという悲惨な幕切れとなる。

「分かっただろ？」ブルーマンは彼のアングルから見た物語を話し終えると、ささやくように言った。「な、坊や？」

エディは身震いした。

「そんな、まさか」彼はつぶやいた。

今日はエディの誕生日

八歳。エディは格子柄の長椅子の端に腰かけ、腕を組んで怒っている。母親は彼の足もとにしゃがんで靴の紐を結んでやっている。父親は鏡の前でネクタイを直している。

「行きたくない」エディは言う。

「そうかもしれないけど」母は顔を上げずに答える。「でも行かなくちゃいけないの。悲しいことが起きたんだから。我がまま言えないのよ」

「でも、今日はぼくの誕生日なのに」

エディは恨めしそうに部屋の片隅に置かれた〈エレクター・セット〉（工事現場の組み立て玩具）に目をやる。おもちゃの鉄骨類と小さなゴムタイヤが三本積まれたままになっている。エディはトラックを作っていた。工作は得意だ。誕生日パーティーで友だちに自慢するつもりだったのに。家族そろって着替えて出かけることになってしまった。そんなのずるいよ、と彼は思う。

兄のジョーがウールのズボンに蝶ネクタイを締め、左手にグローブをはめてやってくる。兄はグローブをピシャリと打つ。エディに顔を向ける。

「その靴、オレのだったやつだ」ジョーは言う。「こっちの新しいほうのがずっといいや」

エディはひるむ。ジョーのお古で我慢するなんて絶対にいやだ。

「もじもじしないで」母が言う。

「だって痛いんだもん」エディは泣きべそをかく。

「いい加減にしろ！」父が怒鳴る。父はエディをにらみつける。エディは黙る。

墓地で、エディは会葬者たちがピアの人たちだとはなかなか分からなかったが、ようやく気づく。いつも金のラメ入りの赤いターバンを巻いている男たちが今日は父と同じ黒いスーツを着ている。女たちは似たような黒いドレスを着ている。おそろいみたいに見える。ベールで顔を覆っている女性もいる。

エディは穴を掘っている男を見つめる。男は灰がどうのと言っている。エディは母の手を握り、太陽の光に目を細める。悲しまなくてはいけないのは分かっているが、心の中でひそかに一から順に数を数えている。千まで数えるまでにはどうかぼくの誕生日に戻っていますように。

第一の教え

「ああ、どうしよう……」エディはすがるように言った。「知らなかったんだ。信じてくれ……頼む、知らなかったんだ」

ブルーマンはうなずいた。「そうだろうね。小さかったから」

エディはあとずさりした。そして、闘いに備えるように肩をいからせた。

「なのに、今になって償《つぐな》えってのか」

「償う?」

「オレの罪を。だからオレはここに来たんだろう、え? 報いを受けるために?」

ブルーマンはほほ笑んだ。「いいや、エドワード。君がここへ来たのは私から教わることがあるからだ。これからここで会う人たちから君はひとつずつ教わることになる」

エディにはまだ信じられなかった。こぶしをゆるめずに言った。

「教わるって、何を?」

「世の中には脈絡のないものはないってことを。我々はみんなつながっているってことを。ひとりひとりの人生を切り離すことはできないということを。吹く風をひと吹きひと吹き切り分けられないのと同じように」

エディは首を振った。「キャッチボールをしてたんだ。あんなふうに飛び出すなんて、バカだったよ、オレは。でも、どうしてあんたがオレのせいで死ななきゃならないんだ？　そんなの不公平じゃないか」

ブルーマンは片手を差し出した。「生と死をつかさどるのは」彼は言った。「公平さじゃない。もしそうだったら、いい人は絶対に早死にしないってことになる」

彼が手のひらを上に向けると、一瞬にして二人は、墓地に集まっているわずかな会葬者たちの背後に移動した。墓穴の脇で司祭が聖書を読み上げている。エディの位置からは、人々の帽子とドレスとスーツの後ろ側が見えるだけで、顔は見えなかった。

「私の葬式だ」ブルーマンは言った。「集まっている人たちを見てごらん。大した知り合いじゃなかったのに来てくれた人もいる。なぜだと思う？　不思議に思ったことはないかい？　なぜ、人が死ぬとみんな集まるのか？　なぜ、行かなければいけないと感じるのか？

それはだね、人はみな魂の奥底では、お互いの人生がすべて交錯し合っていると分かっているからだよ。死はある人間を連れ去るときに別の人間を取り残していくが、連れ去られるか取り残されるかは紙一重だってことも分かっているからだ。

この私じゃなくて、自分が死ねばよかったと思っているんだろう。でも、私が生きている間には私のかわりに死んでいった人たちもいたんだ。そういうことは毎日起きている。通り過ぎた直後にカミナリが落ちるとか、乗るはずだった飛行機が落ちるとか。同僚は病気になったが自分は元気だとか。普通、こういうことにはなんの脈絡もないと思われている。けどね、物事はすべてバランスがとれているもんだ。枯れるものもあれば、伸びていくものもある。誕生と死はその一環なんだ。

だから、人は赤ん坊に惹きつけられる……」彼は参列者のほうへ顔を向けた。「そして、葬式にも惹かれる」

エディは再び墓穴を囲んでいる人たちを見た。自分の葬式もあったのだろうか？　来てくれた人はいたのだろうか？　司祭が聖書を読み上げ、会葬者は頭を下げる。何年も前のブルーマンの埋葬《まいそう》の日。少年のエディもそこにいて、葬儀の間ずっと落ち着かずにそわそわしていた。彼の死に自分が果たした役割のことなど何も知らずに。

「まだよく分からないんだが」エディはささやいた。「あんたはなんのために死んだんだ？」

「君が生きたじゃないか」ブルーマンは答えた。

「でも、オレたちは特に知り合いってわけでもなかった。ほとんど他人だったと言ってもいい」

ブルーマンはエディの両肩に腕を置いた。エディはそのぬくもりを感じ、気持ちがほぐれていった。

「他人――」ブルーマンは言った。「――っていうのは、これから知ることになる家族なんだよ」

　そう言ってブルーマンはエディのからだを引き寄せた。たちまちブルーマンが生涯に味わった何もかもがエディの中へ勢いよく流れ込み、エディのからだ中を泳ぎ回った――孤独、恥辱、緊張、心臓発作。引き出しを閉めるように、エディの中へと完全に滑り込んだ。

「これでお別れだ」ブルーマンはエディの耳もとでささやいた。「天国で私と過ごすのはここまでだ。だが、君のことを待っている人はまだほかにいる」

「待ってくれ」エディはからだを引き離して言った。「ひとつだけ教えてくれ。オレはあの女の子を救えたのか？　ピアで？　救えたのか？」

　ブルーマンは答えなかった。エディはがっくり肩を落とした。「それじゃあ、無駄死にだったってわけか。オレは無駄に生きて、無駄に死んだってわけか」

「無駄な人生なんてひとつもない」ブルーマンは言った。「唯一無駄があるとしたら、自分をひとりぼっちだと考えている時間くらいだ」

　彼は墓穴のほうへ歩み寄って、ほほ笑んだ。その肌は世にも美しいキャラメル色に変わった――なめらかで、しみひとつない肌に。こんな完璧な肌は見たことがない、とエディは思った。

「待ってくれ」と叫んだが、エディのからだはスーッと宙に浮いて墓地から離れ、広大な灰色の海の上空へと舞い上がった。眼下に昔のルビー・ピアの建物の屋根、塔、風にはためく旗が見えた。

そして、消えた。

日曜日　午後三時

一方、ルビー・ピアでは、群衆が落下した〈フレディのフリーフォール〉の周囲に黙ったまま立っていた。年配の女性たちは喉に手を当てた。母親たちは子供をその場から引き離した。ランニングシャツ姿のたくましい男たちが自分らの出番だとばかりに前へ出てきたが、現場を目《ま》の当たりにして、なすすべもなく立ち尽くした。太陽がじりじりと照りつけ、鋭い影を落とし、人々は敬礼でもしているように手をかざして日差しをよけていた。

大丈夫かしら？　みんなささやき合った。群衆をかき分けてドミンゲスが走り出てきた。頬は紅潮し、修理工のシャツは汗でぐっしょり濡れていた。彼の目にむごたらしい光景が飛び込んだ。
「ああ、やだよ、エディ」彼はうめき声をあげ、頭を抱えた。警備員たちが到着した。群衆が後方へ押しやられた。しかし、そこまでだった。彼らもまた、手を腰に当てたまま、なんの手出しもできず、救急車の到着を待った。まるでそこにいた人が全員――母親たちも父親たちも、ジャイアント・カップソーダを手にした子供たちも――衝撃のあまり見ていることも立ち去ることもできなくなってしまったようだった。遊園地のスピーカーからはカーニバルの陽気なメロディーが流れ、人々の足もとには死があった。

大丈夫なのか？ サイレンが聞こえた。制服姿の男たちが到着した。一帯に黄色いテープが張られた。ゲームコーナーにはシャッターがおろされた。乗り物は再開のめどなく閉鎖された。この惨事の話は海岸中に広まり、日の沈むころにはルビー・ピアには誰もいなくなった。

今日はエディの誕生日

寝室のドアを閉めていても、母がグリンペッパーとスイートレッドオニオンをつけて焼くビーフステーキの大好きな木のような強烈な匂いはベッドにまで漂ってくる。

「エーディーーー！」キッチンから母が叫ぶ。「どこにいるの？ みんな集まってるわよ！」

エディはベッドから転がり出てマンガを片づける。今日でエディは十七歳だ。こんなものを読む年ではないが、今でもこういうのが大好きだ――〈ファントム〉のような鮮やかなヒーローたちが悪と戦い、世界を救う。エディは数ヶ月前にルーマニアからアメリカへやってきた年下のいとこたちにコレクションをプレゼントした。彼らが到着したときには一家でドックまで出迎えた。エディとジョーが共同で使っていたベッドルームを明け渡してやった。いとこたちは英語が分からないが、マンガは大好きだ。とにかく、これでエディにはマンガを捨てずに置いておく口実ができた。

「お誕生日の主役が来たわ」彼がぶらりと部屋に入ると、母がうれしそうに大声で言う。彼は白いボタンダウンのシャツに青いネクタイを締めているが、これが筋肉質の首に食い込んでくる。集まった客たち、家族、友人、ピアの従業員たちが挨拶の言葉をかけ、ビールのグラスを掲げる。部屋の隅の、タバコの煙に包まれた一角で、父がカードに興じている。


「ねえ、母さん、知ってる？」ジョーが叫ぶ。「エディのやつ、ゆうべ、デートしたんだ」

「まあ、本当に？」

エディの中で血が駆けめぐった。

「ホント。で、その人と結婚するんだってさ」

「黙れよ」エディはジョーに言う。

ジョーはこれを無視する。「もうさ、目ん玉ギラギラさせて部屋に入ってくるなり『ジョー、オレ、未来の花嫁に出会った』って言ったんだ」

エディは煮えくり返る。「黙れって」

「なんて名前の子なんだい、エディ？」誰かが聞く。

「ちゃんとしたキリスト教徒かい？」

エディは兄に歩み寄り、腕をなぐる。

「いてっ！」

「ちょっと、エディ！」

「黙れって言ってんだろ」

ジョーはまくしたてる。「それでその子とダンスしてさ、スターダスト――」

バシッ！

「ってぇな！」

「うっせえんだよ！」

「エディ！　やめなさい！」

ルーマニアのいとこたちもさすがに顔を上げた――喧嘩だ！――兄弟がつかみ合い、腕を振り上げ、カウチに座っていた人はみな避難し、ついに、父親がタバコを置いて怒鳴る。

「やめろ。二人ともひっぱたかれたいか！」

兄弟はハアハアと息をはずませてにらみ合ったまま離れる。年長の親戚の人たちがほほ笑む。叔母《おば》のひとりがささやく。「本気でその子が好きなのね」

ステーキを食べ、キャンドルを吹き消して、客の大半が帰ってから、エディの母親はラジオをつける。ヨーロッパの戦争のニュースが流れ、父はこれ以上事態が悪くなると木材や銅線が手に入りにくくなって大変だとぼやく。そうなると遊園地のメンテナンスはほとんどできなくなる。

「なんて恐ろしいニュースなの」母は言う。「何もお誕生日に」

彼女はラジオのつまみを回す。と、オーケストラの演奏するジャズが流れてきたので、彼女はにっこりほほ笑み、メロディーを口ずさみながら、椅子に腰かけて前かがみの姿勢でケーキの最後のひと切れをつついているエディのところへ行く。そして、エプロンをはずして折りたたんで椅子にかけ、エディの手を取って立ち上がらせる。

「さあ、新しいお友だちとどんなふうに踊ったのか、教えてちょうだい」彼女は言う。

「もう、母さんったら」

「ほら」

エディは処刑台へ引っ張られるように立ち上がる。兄がニヤニヤしている。しかし、かわいらしい丸顔の母は、いつまでもハミングをしながら前後にステップを踏み続けているから、ついにエディもいっしょに踊りだす。

「ダァー、ダ、ディーー！」彼女はうたう。「……あなたと——いれば——ダ、ダ、ダ……星と月が……ダ、ダ、ダ……六月の……」

二人でリビングを踊り回るうちに、エディはこらえきれなくなり笑いだす。母親より優に十五センチは背が高いのに、今でも簡単にリードされてくるりと回されてしまう。

「で」彼女は小声で言う。「その子のこと、好きなの？」

エディはステップをはずす。

「いいじゃない」彼女は言う。「お母さんもうれしいわ」

テーブルのところまでクルクル回っていくと、母は今度はジョーの手を取って引き寄せる。

「はい、今度は二人で踊って」彼女は言う。

「こいつと?」

「母さん!」

しかし、彼女がどうしてもと言うので二人は折れて、笑ってお互いの足を踏みつけ合う。二人は手を取り大げさな円を描いてスイスイ踊る。テーブルの周りを何周もして、母を喜ばせる。クラリネットがラジオの音楽をリードし、ルーマニアのいとこたちは手をたたき、ステーキの最後のひと切れがパーティーのムードに紛れていつの間にか消えていく。

天国で会う二人目

足が地面に触れた。空はまたコバルトブルーからチャコールグレイへと変わっていき、あたりは倒木や黒ずんだ瓦礫《がれき》だらけになった。エディは腕、肩、腿、ふくらはぎをつかんでみた。さっきより頑丈だが、もう手を伸ばしてもつま先には届かなかった。柔軟さが失われている。子供のころのゴムのような感覚はない。筋肉という筋肉がピアノ線のように張り詰めている。

エディは生気のない地上を見渡した。近くの丘には破壊されたワゴン車と朽ちかけた動物の骨があった。熱風に顔をなでられた気がした。空が爆発炎上したような黄色へと変わった。

そして、今度もまた、走ってみた。

さっきとはちがう走り方になっていた。兵士特有の、測ったように正確な歩幅だ。カミナリの音が――いや、カミナリのような何かの破裂音か爆発音が――聞こえて、エディは本能的に地面にひれ伏し、そのまま匍匐《ほふく》前進した。空がぱっくりと割れて、茶色の雨が滝のように激しく地面をたたいた。エディは頭を下げてぬかるみを這い、唇にまとわりつく泥水を吐き出した。

やがて、何か硬いものに頭が当たった。顔を上げるとライフルが一本、地面に突き立てられていた。そのてっぺんにヘルメットがかぶせられ、グリップには名札（兵士のＩＤ認識票）の束がぶら下がっていた。エディは雨に目を瞬きながら名札に指先を這わせると、あわてふためいて後退し、がっしりとした菩提樹《ぼだいじゅ》から壁面のように垂れ下がっているツタの陰へと入っていった。両膝を抱えてからだを丸め、息をつこうとした、恐怖に取りつかれて。天国にいるのに。

名札には自分の名前が書かれていた。

若者は戦争へ行く。ときには強制的に、ときには志願して。どうせ行くことになっているんだ、と、若者は思う。それもこれも、何層にも重なった悲しい人生の物語、つまり、武器を取るのは勇敢で武器を置くのは臆病だなどという何世紀にもわたって履き違えられてきた物語のせいだ。

祖国が開戦した。エディはある雨の朝目覚めると、ひげをそり、髪を後ろへなでつけ、入隊した。ほかのやつらも戦っている。オレだって。

母は行かないでと言った。父は入隊の話を聞くと、タバコに火をつけてゆっくりと煙を吐き出した。

「いつから?」父が聞いたのはそれだけだった。

本物のライフルは撃ったことがなかったから、とりあえず、ルビー・ピアの射撃場で練習を始めた。五セント払うとマシーンがうなりだし、引き金を引くと、ライオンやキリンなどのジャングルの動物の絵に向かって鉛の弾《たま》が発射された。エディは毎晩〈ちびっこミニ鉄道《リルフォークス》〉のブレーキを点検したあとで出かけていった。ルビー・ピアには何台もの小規模なアトラクションが新しく設置されていた。大恐慌以降、ジェットコースターの類は贅沢品《ぜいたくひん》とされたのだ。ミニ鉄道は際どいところだったが、客車の高さがせいぜい大人の腿までしかない代物《しろもの》だった。

入隊する前は、働いて学費を稼いでエンジニアになるつもりだった。それが人生の目標だった——エディは物を作りたかった。たとえ、兄のジョーに「おまえの頭じゃ無理さ」と言われ続けていても。

ところが、戦争になってピアの景気が悪くなった。エディのなじみの客も、父親が戦場へ行ってしまって、子連れの母親ばかりとなった。ときどき子供に肩車をせがまれて応じてやったが、そういうときにも母親たちの悲しそうな笑顔が目についた。肩車は肩車でも、支える腕がちがう。じきオレも遠く彼《か》の地にいる彼らの仲間入りだ、レールに油を差したりブレーキを点検したりの生活ともこれでお別れだ、とエディは考えていた。戦争が男としてのオレの天職だ。まあ、オレのことだって恋しがってくれる人はひとりくらいいるだろう。

出発の近づいたある晩、エディはささやかな射撃練習場で身を乗り出して一心不乱に撃っていた。パン！　パン！　彼は本物の敵を撃っていると想定した。パン！　本物は撃たれたときに声をあげるだろうか？——パン！——それともこのライオンやキリンみたいにただ倒れるだけか？

パン！　パン！

「人殺しの練習かい?」

後ろにミッキー・シェイが立っていた。フレンチバニラアイスクリーム色の髪をして、汗だくで、なんの酒を飲んだのだか、真っ赤な顔をしていた。エディは肩をすくめてまた射撃を続けた。

パン! 当たった。パン! また当たった。

「ほぉぉー……」ミッキーはつぶやいた。

さっさとあっちへ行ってくれとエディは思った。しかし、背後にはいつまでも酔っ払いの気配がしていた。彼の荒い息づかいが、自転車のタイヤにポンプで空気を送るような鼻息が、聞こえた。

エディは撃ち続けた。突然、肩をがしっとつかまれた。

「いいか、エディ」ミッキーは低くうなった。「戦争はゲームじゃない。撃ち合いが始まったら、やれ、いいな。罪なんて感じるな。ためらうんじゃないぞ。撃って、撃って、撃ちまくれ。自分が撃ち殺そうとしているのはどんなやつだろうとか、どうして殺すんだろうとか、余計なことは考えるな、いいか? ここに帰ってきたかったら、とにかく撃て、考えるんじゃないぞ」

彼はさらに強く肩を握った。

「考えごとなんかしたら、てめえがやられる」

エディは振り返ってミッキーを見つめた。エディは頬を平手打ちされ、とっさにこぶしを上げて応戦の構えをした。しかし、ミッキーはゲップをして、後ろへよろめいた。そして、泣きだしそうな顔でエディを見た。おもちゃの銃のうなり声が止まった――エディの五セントが切れたから。

若者は戦争へ行く。ときには強制されて、ときには志願して。数日後、エディは兵士用ズタ袋《ダッフルバッグ》に荷物を詰めてピアをあとにした。

雨がやんだ。エディは菩提樹の下で震えながら重い息を長々と吐き出した。ツタをかき分けてみると、ライフルとヘルメットはまだそのまま地面に突っ立っていた。これがなんなのかは覚えている。これは戦死したものの墓だ。

彼は膝をついて這い出した。はるか向こうの小さな畝《うね》の下には、爆撃で焼かれて瓦礫と化した村の残骸があった。一瞬エディは目をみはり、わずかに口を開き、さらにこの光景に目の焦点を合わせていった。悪い知らせを聞かされたときのように胸が締めつけられた。ここだ。そう。いつも夢に出てきた場所。

「天然痘《てんねんとう》」突然声がした。

エディはくるりと振り返った。

「天然痘。チフス。破傷風《はしょうふう》。黄熱病《おうねつびょう》」

上から聞こえてくる。枝の茂みの中から。

「黄熱病っていうのは結局どういうものか分からなかった。ちっ。黄熱病にかかった人間には会わなかったからな」

その声は力強く、南部系のやや母音を引き伸ばすような響きと、何時間も叫び続けた人の声のようなガラガラした音がまじっていた。

「そういう病気の予防注射は全部うった。それでも私はここで死んだ。ピンピンしてたのに」

木が揺れた。目の前に小さな果実が落ちた。

「りんごでもどうだ？」声が言った。

エディは立ち上がって咳払いをした。

「出てこい」エディは言った。

「そっちが上がってこい」声が言った。

すると、エディはオフィスビルほどもある木のてっぺん近くにいた。大きな枝にまたがり、地面ははるか下にあるようだった。小枝やら、分厚い葉の間から、陸軍の軍服を着て、木の幹に寄りかかって座っている男の姿がぼんやりと見えた。顔は炭か何かで黒くなっていた。目が豆電球のように真っ赤に輝いていた。

エディはごくりと息をのんだ。

「大尉殿？」彼はささやくような声で言った。「大尉殿でありますか？」

二人は陸軍の同じ部隊にいた。大尉はエディの指揮官だった。フィリピンで戦い、フィリピンで別れ、その後一度も会っていない。大尉は戦死したとうわさに聞いた。

タバコの煙がひと筋上がった。

「ルールは説明してもらっただろう?」

エディは下を見た。地面ははるか下方にあったが、絶対に落ちないと分かっていた。

「自分は死んだんです」エディは言った。

「そうだ」

「大尉殿も死んでるはず――」

「そう、そのとおり」

「では、大尉殿が……自分の二人目の――?」

大尉はタバコを高く掲げて見せた。「ここでタバコが吸えるなんて信じられるかい?」とでも言いたげな笑みを浮かべた。彼は長々と吸い込むと、小さな白い煙をひとかたまり吐き出した。

「まさかわたしに会うとは思わなかった、だろう?」


エディは戦争で多くのことを学んだ。戦車のてっぺんによじのぼる方法も覚えた。ヘルメットに冷たい水を入れてひげをそることも覚えた。たこつぼ壕《ごう》から撃つときは、木に当たって跳ね返った榴散弾《りゅうさんだん》の破片で自分がケガをすることもあるから気をつけなければいけないということも学んだ。

タバコも覚えた。行進も覚えた。オーバーコートと無線機とカービン銃とガスマスクとマシンガン用三脚とリュックと弾薬帯を全部肩に背負ったまま縄橋を渡れるようにもなった。最高にまずいコーヒーの飲み方も覚えた。

外国語の単語もいくつか覚えた。遠くにツバを飛ばせるようにもなった。初陣《ういじん》を生き延びた兵士が行う心もとない喝采《かっさい》——お互いひっぱたき合って、すべて終わったかのように「さあ、帰れるぞ！」と笑みを交わすこと——も知ったし、二度目の戦闘で味わう憂鬱《ゆううつ》——戦闘は一度で終わることなく次から次へと行われるものだと悟ること——も知った。

歯の間から音を出せるようになった。ゴツゴツした地面で眠れるようになった。疥癬《かいせん》の正体は皮膚にもぐり込んできて痒《かゆ》みを引き起こすダニだということも学んだし、不潔な服を一週間着続けたときは特にやられるということも学んだ。皮膚を突き破って出てきたばかりの人骨が本当に真っ白であることも知った。

さっさとお祈りをすますことも覚えた。死んだとき、どのポケットに家族とマーガリートに宛《あ》てた手紙を入れておけば戦友が見つけてくれるかも学んだ。塹壕《ざんごう》で隣のやつに腹ペコだとささやいた次の瞬間、ヒューとかすかな音がして、そいつがぐったりと前かがみになり、空腹などもうどうでもよくなっていることもあると知った。

一年が二年になり、二年が三年になるころには、どんなに頑強な男でも輸送機からおろされるときには自分の靴の上に吐きたくなることも、また、上官たちでさえ戦闘前夜には夢にうなされるということも知った。

　捕虜の捕まえ方も習ったが、捕まり方は習わなかった。そしてある晩、フィリピンのある島で彼の一隊は激しい銃撃戦に見舞われ、待避所を求めて散り散りに走り、急に空が明らみ、仲間のひとりが壕の中で子供のようにヒイヒイ泣くのが聞こえて、「泣くな！」と叫んだところ、そいつが泣いていたのは頭上に聳え立つ敵兵にライフルを突きつけられていたからだと分かり、エディ自身首筋にひやりとするものを感じたので振り返ると、自分の背後にもひとりいた。


　大尉はタバコの火をもみ消した。彼はほかの隊員たちより年上で、生涯軍人で通した男だったが、そのひょろっと伸びた足で歩く姿と突き出た顎は往年の映画俳優のようだった。気が短く、顔の間近で、それこそヤニで黄ばんだ歯が見えるほどの距離で部下を怒鳴りつける癖があったが、それでも隊員たちからは慕われていた。何があろうと「ひとりも見捨てない」という大尉の変わらぬ言葉に隊員たちは慰めを見出していた。

「大尉殿……」エディはまだ度肝《どぎも》を抜かれたままで言った。

「いかにも……」

「上官《サー》殿……」

「そんな言い方しなくたっていいさ。ま、悪い気はしないが」

「なんだか……大尉殿は……」

「最後に会ったときと全然変わってないだろう?」彼はニヤリと笑い、枝の向こうへとツバを飛ばした。彼はエディの当惑顔を見た。「そう、そのとおりだ。ここではもうツバを吐く理由なんてない。病気にもならない。呼吸も整っている。それに、食いもんは抜群にうまい」

食いもん? エディは何がなんだかさっぱり分からなかった。「大尉殿、あの、これは何かのまちがいです。自分はまだどうしてここにいるのか分かりません。自分はその後つまらない人生を送ってきました。メンテナンスの仕事をして。何年も同じアパートに住んで。遊園地の乗り物の——観覧車やジェットコースターやお子様用の他愛もない宇宙船なんかの世話をやいて。なんの自慢にもならないつまらない人生を、ただ、なんとなく生き長らえていただけです。つまり、つまり……」

エディはごくりとツバを飲み込んだ。「自分はどうしてここへ来たんでしょうか?」

大尉はギラギラ光る赤い目で彼を見た。ブルーマンのことがあったから、もしやと思ったが、それは聞かずに胸のうちに押しとどめた——大尉のこともオレが殺したのか?

「ずっと聞いてみたかったんだが」大尉は顎をさすりながら言った。

「うちの部隊にいた連中とは——その後連絡を取り合っていたかい? ウィリンガム? モートン? スミティ? あいつらにはその後会ったかい?」

エディも彼らの名前は覚えていた。が、連絡は取っていなかった。戦争は男たちを磁石のように引きつけることもあるが、やはり磁石のように反発させることもある。ともに見たこと、ともにしたこと。ときには忘れたくなることもある。

「実を言いますと、みな、音信不通になってしまって」彼は肩をすくめた。「申し訳ありません」

大尉はそんなことだろうと思っていたと言わんばかりにうなずいた。

「で、君はどうしてた？　遊園地に戻ったのか？　生きて帰れたらみんなで遊びにいくと約束していたあの遊園地に？　ＧＩはただで乗り放題にするっていう、〈恋のトンネル〉のカートに乗るときには野郎ひとりに女の子を二人つけるっていう、そういう話じゃなかったか？」

エディは顔をほころばせそうになった。たしかに自分はそう言った。みんなもそう言っていた。だが、戦争が終わって、誰もやってこなかった。

「はい、自分は戻りました」エディは言った。

「それで？」

「それで……そのままです。その後出ていこうと何度も計画は立てたんですが。……でもこの足が……どういうわけか……何もかもうまくいきませんでした」

エディはまた肩をすくめた。大尉はエディの顔をまじまじと見つめ、目を細め、声を低めて言った。

「今でもジャグリングはできるかい？」

「ゴー！……ゴー！……ユー、ゴー！」

敵兵はそう叫び、銃剣でつついた。エディ、スミティ、モートン、ラボッツォ、そして大尉の五人は両手を頭の上にのせたまま、険しい丘を駆り立てられて下っていった。あたりで迫撃砲が炸裂《さくれつ》した。木々の間を駆け抜ける人影が見えたが、銃弾の雨の中で倒れた。

彼は暗がりの中を進みながらもあたりの景色を頭に焼きつけていた――掘っ立て小屋、道、見えるものはなんでも。逃げるときにはこういう情報が貴重となる。飛行機が一機、遠くでうなり声をあげた。と、突然、吐きたくなるほどの絶望感に襲われた。捕虜なら誰もが覚える精神的な拷問《ごうもん》だ――自由の身と捕われの身がこんなにも近くに感じられるのは。飛び上がってあの飛行機の翼につかまることさえできれば、この失態から抜け出せるのに。

だが、彼と四人の仲間は手首と足首をしばられている。竹で作ったバラックに押し込まれた。泥土に突き立てた竹竿の脚にのっかったバラック。五人はそこに何日も、何週間も、何ヶ月も押し込められ、藁の詰まったズタ袋の上で寝かされた。トイレ用に陶器の壺《つぼ》がひとつあてがわれた。夜になると敵兵が彼らの会話を盗み聞きしにバラックの下へやってきた。時がたつにつれ、彼らの口数は減っていった。

やせて体力もなくなった。あばら骨が見えてきた――入隊のころにはぽっちゃりとした若者だったラボッツォでさえも。食事といえば、日に一度の塩をまぶしたライスボール、それに、草が浮いている茶色のスープだけだった。ある晩、エディはスープの中からスズメバチの死骸をつまみ上げた。羽はむしりとられていた。みな、食べるのをやめた。

捕まえたほうも捕虜をどうしたらいいか分かっていないようだった。夜ごと銃剣を持ってやってきてはアメリカ人たちの鼻先でその刃をくねらせ、外国語で何やら叫んでは返答を待っていた。そんなことをしてもどうにもならなかったが。

エディの見る限り、敵は四人だけで、大尉の推測では、彼らは本隊からはぐれ、実際の戦場ではよくあることだが、ただその日その日をしのいでいるだけだろうということだった。敵兵の顔はげっそりとやつれて骨ばり、髪は黒く短かった。ひとりは兵士にしては幼すぎるように見えた。またひとりは、エディがそれまで見たこともないほど曲がった歯をしていた。大尉は彼らをクレージー1、クレージー2、クレージー3、クレージー4と呼んだ。

「やつらの名前など、知ったことか」彼は言った。「こっちの名前も教えるんじゃないぞ」

捕虜という状況にどれだけ適応できるかは人によってちがう。シカゴ出身のやせたおしゃべりな若者モートンは、外で物音がするたびにビクビクして顎をさすりながら「チクショウ、チクショウ、チクショウ」と、仲間の誰かにうるさいと言われるまでつぶやいていた。ブルックリン出身の消防士の息子スミティは、たいていずっと押し黙っていたが、何かを飲み込むように喉仏《のどぼとけ》が上下にはずんでいることがよくあった。実は自分の舌をかんでいるのだということを、エディはあとになって知った。オレゴン州ポートランド出身の赤毛の若者ラボッツォは、起きている間は表情ひとつ変えずにいたが、夜になると、「やめろ！　やめてくれ！」と叫んで目覚めることがしょっちゅうだった。

エディはずっと苛立《いらだ》っていた。こぶしを丸めて自分の手のひらに——何時間も立て続けに拳骨《げんこつ》を手の皮に——打ちつけた。不安を抱いてマウンドに立った幼い日と同じように。夜は、ピアに戻って〈ダービーホース回転木馬〉に乗っている夢を見た。ベルの鳴るまで五人ずつ輪になってレースをする。彼も仲間と、あるいは兄と、あるいはマーガリートとレースをしていた。が、そこで夢は急に変わる。ポニーに乗っているのが四人のクレージーになっていて、ニタニタ笑いながら彼を突いてくる。

エディはピアではいつも待ってばかりいた——乗り物が終わるまで。波が引くまで。父親が声をかけてくれるまで。おかげで辛抱強さが備わっていた。それでも出たかった。そして、復讐《ふくしゅう》したかった。

彼は歯ぎしりして自分の手のひらをなぐりつけながら、その昔——ごみ箱のふたで二人を病院送りにしたあのころに——近所で繰り広げた数々の喧嘩のことを考えた。あいつらが銃さえ持っていなければ、ああもできる、こうもできる、と思い描きながら。

そしてある朝、捕虜五人は奇声とキラリと光る銃剣にたたき起こされ、四人のクレージーたちにしばられて、立坑《たてこう》へと連れていかれた。明かりはなかった。地面はひんやりしていた。ツルハシとスコップと金《かな》バケツがあった。

「チクショウ、炭坑かよ」モートンが言った。

その日から、エディたちは敵の軍事活動を援助すべく石炭の採掘を強いられた——掘ったり、削ったり、石板のかけらを運んだり、天井を支える足場を組んだり。ほかにも外国人捕虜がいたが、英語は通じず、エディをうつろな目で見つめてきた。話をすることは禁じられていた。数時間おきに水が一杯ずつ支給された。一日の終わりには捕虜たちの顔はどうしようもなく黒ずみ、かがんでいたせいで首も肩も疼《うず》いた。

捕虜になってから数ヶ月間は、ヘルメットに入れたマーガリートの写真を見えるように立てて寝た。祈りをささげるタイプではなかったが、それでも彼は毎晩独自に作った祈りの文句を唱えた。日数を織り込みながら。「神様、この六日間と引き替えに彼女との六日間をお与えください……神様、この九日間と引き替えに彼女との九日間をお与えください……この十六日間と引き替えに彼女との十六日間をお与えください……」

そして、四ヶ月目に入って事件は起きた。ラボッツォがひどい発疹《はっしん》と激しい下痢に見舞われた。物を食べることもできなくなった。夜には汚れた衣服が汗でぐっしょり濡れた。からだは汚物《おぶつ》にまみれた。着替えがないから、ズタ袋の上に裸で寝るしかなく、大尉が自分のズタ袋を毛布がわりにかけてやった。

翌日、炭坑へ行っても、ラボッツォは立っていることさえできないありさまだった。が、四人のクレージーたちは哀れみをかけてはくれなかった。彼がぐずぐずすると、採掘を続けろと言って棒でつついた。

「こいつは勘弁してやってくれ」エディがうなるように言った。

クレージーたちの中でももっとも凶悪なクレージー2が銃床《じゅうしょう》でエディをなぐりつけた。彼は倒れた。肩甲骨《けんこうこつ》に激痛が走った。ラボッツォは石炭片をさらにいくつか削り取ったところで倒れ込んだ。クレージー2が立てと怒鳴りつけた。

「病気なんだ!」エディはよろよろと立ち上がって叫んだ。クレージー2が再度エディをなぐり倒した。

「やめろ、エディ」モートンがささやいた。「自分の身のためだ」

クレージー2はラボッツォのほうへ身をかがめた。ラボッツォのまぶたをめくり上げた。ラボッツォはうめき声をあげた。クレージー2はやけに大仰《おおぎょう》な笑みを浮かべると、赤ん坊をあやすような優しい笑い声を漏らした。「ははぁーん」と言って笑った。彼は全員の顔を、ひとりひとりといちいち目を合わせながら見回し、全員が自分に注目していることを確認して、笑った。そしてピストルを引き抜くと、銃口をラボッツォの耳にねじ込んで、彼の脳天をぶち抜いた。

エディはからだが真っ二つに引き裂かれた気がした。目がくらみ、脳がしびれた。銃声が坑内にいつまでもこだまし、広がっていく血の池にラボッツォの顔が沈み込んでいった。モートンは口に両手を当てた。大尉は目を伏せた。誰も動かなかった。

クレージー2は遺体に黒い土を蹴ってかけ、エディをにらんで彼の足にツバを吐きかけた。それからクレージー3とクレージー4に大声で何か叫んだが、この二人は捕虜に劣らず呆然《ぼうぜん》としているようだった。一瞬、クレージー3は首を振るとまぶたを伏せて唇をすばやく動かし、祈るように何かをつぶやいた。しかし、クレージー2が銃を振り上げてまた叫び、クレージー4はゆっくりとラボッツォの足を持ち上げて引きずっていった。坑内の地面に生々しい血痕《けっこん》がついたが、暗がりの中でそれは漏れ出た油のように見えた。二人はラボッツォの遺体を壁際のツルハシの横にドサリと落とした。

それからエディは祈るのをやめた。日数を数えるのもやめた。大尉と二人で、全員が同じ目にあう前に逃げ出すことばかりを話し合った。大尉は、死にかけた捕虜にまで炭坑掘りをさせているくらいだから、敵の戦況も行き詰まっていると踏んだ。日に日に坑内で働く部隊が減っていった。夜ごと爆発音が聞こえ、だんだん近づいてくるように思われた。これ以上事態が悪化すれば、やつらは何もかも破壊し尽くしてここを立ち去るだろうと大尉は読んだ。彼は、捕虜収容バラックの向こうに溝が掘られ、険しい斜面に石油缶が並べられているのを目撃していた。「あの石油で痕跡を焼き払うつもりだ」大尉はささやいた。「やつらが掘っている溝はオレたちの墓だ」

三週間後の朧月《おぼろづき》の晩、クレージー3がバラックの見張りに立った。彼は大きなレンガ大の石を二個手に取り、退屈しのぎにジャグリングを始めた。落としては拾い、また放り投げ、また落とした。エディはドスンと落ちる石の音を聞いて、炭塵《たんじん》まみれの顔を上げた。眠ろうとしていたのだが、ゆっくりとからだを起こしていった。視界がはっきりしてきた。全身の神経がピリピリと活動しだすのを感じた。

「大尉殿……」彼はささやいた。「やりますか」

大尉は顔を上げた。「何考えてる?」

「あの石です」エディは見張りのほうへ顎をしゃくった。

「石がどうした?」大尉は言った。

「自分はジャグリングができます」エディはささやいた。

大尉は目を細めた。「なんだって?」

しかし、次の瞬間にはエディは見張りに大声で声をかけていた。「おい! へたくそ! それじゃダメだ!」

彼は手のひらを使って円を描いてみせた。「こうやるんだよ! おまえのはこうだ! 貸してみろ!」

彼は両手を差し出した。「オレがやってやるから。貸せ」

クレージー3は警戒して彼を見た。一番可能性があるのは、こいつが見張りに立ったときだ、とエディは思っていた。クレージー3はときどき捕虜のためにパンをくすねては窓がわりの小さな穴から放り込んでくれることがあった。エディはまた円を描いてほほ笑んだ。クレージー3は近づいてきたが、立ち止まると銃剣を取りに戻り、それからエディのところへ石を持ってきた。

「こうやるんだよ」エディは言うと、軽々とジャグリングを始めた。七歳のときに、六枚の皿をジャグルできるイタリア人ジャグラーから教わった。その後、遊歩道の上でどれくらい練習したか分からない――小石でも、ゴムボールでも、手にしたものをなんでも回してみた。大して難しいことではなかった。ピアの子供ならたいていジャグリングはできる。

でも今は、二つの石を死にものぐるいで回していた。スピードをぐんぐん上げて、見張りの気を引いた。

「もうひとつないか？」

クレージー3が何かぶつぶつ言った。

「三つでやるんだよ」エディは指を三本立てた。「さ・ん」

このころにはモートンもスミティも起き上がっていた。大尉がじりじりと近寄った。

「どうする気だ？」スミティがぼそぼそつぶやいた。

「もうひとつあれば……」エディがぼそぼそつぶやき返した。

クレージー3は竹製のドアを開けて、エディが待ち望んでいた行為に出た。彼はほかのクレージーたちに声をかけた。クレージー1が大きな石を手にあらわれた。その後ろからクレージー2が入ってきた。クレージー3はエディに石を差し出すと、何か大きな声で言った。そして後ろに下がるとほかの二人にニヤリと笑いかけ、「さあ、ご高覧あれ」とでもいうように、彼らに着席を促した。

エディは石を放り上げ、リズムに乗せて回した。石はどれも彼の手のひらほどの大きさだった。彼はカーニバルの曲を口ずさんだ。「ダ、ダダダ、ダァー……」見張りたちは笑った。エディも笑った。大尉も笑った。時間稼ぎのための無理やりの笑いだった。

「もっとぉー近くへー」エディは歌詞を口ずさむふりをして、言った。モートンとスミティは見とれているふりをしてずり寄っていった。

見張りたちはこの娯楽に大喜びだった。警戒がゆるんだ。エディは息をのみ込んだ。もうちょっと待て。石のひとつを空中高くへ放り、その間に残りの二つを下で回し、落ちてきた石をキャッチしてまたもとのように三つで回してみせた。

「ほう」クレージー3は我を忘れて声を出した。

「すごいだろう?」エディは言って、さらにスピードを上げた。ひとつを高く放り上げる技を繰り返し、敵の目がその石を追っていることを確認した。彼はうたった。「ダ、ダダダ、ダァー……」――「オレがぁー三つ数えたらぁー……」――「ダ、ダダダ、ダァー……」――「大尉殿はぁー左のやつをー……」

クレージー2が訝《いぶか》しげに顔をしかめたが、エディは、ルビー・ピアのジャグラーたちが客を引き止めるために見せるのと同じ笑顔を取りつくろった。「ほら見ろ、ほら見ろ、ほら見ろ!」エディはこびるような声で言った。「世界最高のショーでござあい!」

エディはさらにスピードを増すと、数えた。「ワン……ツー……」そして石をひとつこれまでになく高く放り上げた。「ゴー！」エディは叫んだ。ジャグリングの途中だった石をひとつつかむと、名ピッチャーだった昔を思い出すかのように、それをクレージー2の顔面めがけて力いっぱい投げつけ、鼻をへし折った。エディは二つ目の石を左手でクレージー1の顎に命中させた。クレージー1が倒れると大尉がすかさず飛びついて銃剣を奪い取った。クレージー3は一瞬凍りついたあと、ピストルを手に取り滅茶苦茶に発砲したが、モートンとスミティがそいつの足に組みついた。ドアが勢いよく開いて、クレージー4が駆け込んできたので、エディは最後の石を投げたが、際どいところでクレージー4の頭をはずれた。しかし、クレージー4が身をかがめたすきに、壁際で待ち構えていた大尉が持っていた銃剣を渾身《こんしん》の力でクレージー4のみぞおちに食らわせ、勢い余ってそのまままもろとも戸外へ転がり出た。エディはアドレナリンに力を得てクレージー2に飛びかかると、ピトキン・アヴェニュー時代にもなかったほどの怪力でそいつの顔面をなぐりつけた。さらに石をつかんで頭部をめった打ちにした、何度も何度も。気がつくと、両手が忌まわしい紫色のベトベトしたものにまみれていた。それは、血と人の皮膚と炭とがまじり合ったものだった。と、そのとき、銃声がして、エディはとっさに頭を抱えたので、こめかみをベトベトで汚してしまった。見上げると、スミティが敵のピストルを手にして立っていた。クレージー2はすでに力なくぐったりしていた。胸からは血が流れていた。

「ラボッツォの仇《かたき》だ」スミティはぼそっと言った。数分のうちに、見張りの四人は全員死んだ。

やせ細った捕虜たちは、血まみれのまま裸足《はだし》で険しい斜面めがけて走った。エディは銃撃戦を予想し、さらに敵兵があらわれるだろうと思ったが、ひとりも出てこなかった。ほかの掘っ立て小屋には人の気配はなかった。なんと、その野営地には彼らのほかには誰もいなかったのだ。いったいいつから四人のクレージーと自分たちだけになっていたのだろう。

「みんな、たぶん、爆撃が聞こえだしたときに逃げたんだろう」大尉が小声で言った。「オレたちだけが取り残されてたってわけだ」

斜面をのぼった最初の棚状のところに石油缶が並べられていた。炭坑の入り口から百ヤード（約九十メートル）と離れていないところだった。武器庫用の小屋が近くにあり、モートンが人のいないのを確認して中に走り込んだ。彼は手榴弾、ライフル、それと二丁の原始的な火炎放射器を抱えて出てきた。

「ここを焼き払おう」彼は言った。

今日はエディの誕生日

ケーキの上には「グッドラック！　ファイト！」と書いてある。そして、側面のバニラが白くまぶしてある縁取りに沿って「すぐに帰ってこい」とくねくねしたブルーの文字で書き足してある。が、「すぐに（SOON）」の二つのOの文字が重なっていて「息子（SON）」のようになっているので、「息子よ（SON）、帰ってこい」とも読める。

明日エディが着る服は、母がとっくにクリーニングとアイロンをすませ、寝室のクローゼットのドアノブにハンガーで吊るしておいてくれた。その下には正装用の靴が置かれている。

エディはキッチンで、幼いルーマニアのいとこたちがじゃれついて食らわせてくるパンチを、両手を腰に当てて腹で受けている。いとこのひとりがキッチンの窓から見える〈パリの回転木馬〉を指差すので、見ると、夜の来客用に明かりがともされている。

「馬だ」その子が叫ぶ。玄関のドアが開き、人の声がする。その声にエディの心臓が高鳴る――いまだに。こういう弱さは戦場へ持っていくべきではないのだろう、と思う。

「こんばんは、エディ」マーガリートが言う。

そして彼女があらわれる、キッチンの入り口に、美しい姿で。エディはいつものように胸がこそばゆくなる。彼女は髪についたわずかな雨しずくを払い、ほほ笑む。両手に小さな箱を持っている。

「プレゼント持ってきたの。お誕生日の、それと、その……旅立ちの」

彼女はまたほほ笑む。彼女をきつく抱きしめたい、破裂しそうだ。箱の中身はなんでもいい。ただこの瞬間を、彼女がこれを自分に差し出しているこの瞬間を覚えていたい。エディの願いはいつも同じだ――マーガリートといるこの時を凍らせたい。

「こいつはすてきだ」彼は言う。

彼女が笑う。「まだ開けてないじゃない」

「なあ」彼は彼女に歩み寄る。「あのさ……」

「エディ！」隣の部屋から誰かが叫ぶ。「早くキャンドル吹き消してよ」

「そうだよ！　もう腹ペコだよ！」

「こら、サル！　静かに！」

「だって、本当に腹ペコなんだもん」

ケーキとビールとミルクとタバコ、それにエディの武運長久を祈っての祝杯。母は泣きだし、もうひとりの息子ジョーを抱きしめる。ジョーは扁平足《へんぺいそく》が原因で内地にとどまることになっている。

パーティーのあと、エディはマーガリートとプロムナードへ散歩に出る。切符のモギリや屋台の売り子全員と知り合いだから、みんな、エディの無事を祈ってくれる。年配の女たちの中には涙ぐむものもいる。きっとすでに戦地に赴いた息子がいるのだろうとエディは考える。

エディとマーガリートは、ソルトウォーター・タフィーの、シロップ味のと、ティーベリー味のと、ルートビア味のを買う。白い小さな紙袋からタフィーを取り出すとき、二人はふざけて互いの指をつつき合う。ゲームコーナーでエディは〈腕相撲《うでずもう》〉をやる。矢印が「ヘボ」も「ヤワ」も「チョコザイ」も超えて一気に「最強！」まで振り切る。

「本当に強いのね」マーガリートが言う。

「最強だぜ」エディは言って力こぶを作って見せる。

いよいよ別れのときに、二人は昔見た映画のワンシーンのように、手をつないで遊歩道の手すりに寄りかかる。向こうの砂浜では、くず拾いのじいさんが枝やぼろきれで焚《た》き火をおこし、そこを今夜のねぐらと決め込んだらしく、その傍でからだを丸めている。

「待っててくれ、なんてわざわざ言わなくていいから」マーガリートは突然そう言う。

エディは息をのむ。

「そう?」

いいの、と彼女はうなずく。エディはほほ笑む。今夜ずっと喉につかえていた言葉を言わずにすんだと思ったとたんに、まるで自分の心臓から糸がほつれ出て彼女の肩に巻きつき、彼女を引き寄せ、彼女とひとつになったような気になる。

今この瞬間、彼は、自分でも思っていなかったほどの愛を彼女に感じる。

雨がひと粒エディの額に当たる。またひと粒。彼は厚くなってきた雲を見上げる。

「ねえ、最強さん?」マーガリートが言う。彼女はほほ笑んだがすぐに下を向いて、瞬きで水滴を払う。エディにはそれが雨なのか涙なのかは分からない。

「死んじゃだめよ、いい?」

捕虜の身から解かれた兵士はたけり狂っていることが多い。夜も昼も奪われ、苦痛と屈辱をなめさせられ――帳尻を合わせるためには容赦なき復讐あるのみ。

だから、盗んだ武器を両腕に抱えて出てきたモートンが「焼き払おう」と言ったとき、全員がなんの論拠もなしに、すみやかに同意した。新たな支配者たる感覚に奮い立って、四人は敵の火器を抱えて散った。スミティは炭坑の入り口へ、モートンとエディは石油缶のほうへ、大尉は運搬車か何かの車両を探しに。

「五分だ。五分でここに戻れ！」大尉はがなり立てた。「またすぐに爆撃が始まるだろうから。我々もこの場を離れたほうがいい。分かったか？　五分だ！」

五分。半年近くも我が家としてきた場所を破壊するのに、それだけで十分だった。スミティは炭坑に手榴弾を投げ込んで走った。エディとモートンは石油缶を二つ、掘っ立て小屋の立ち並ぶ一角へと転がしていき、ひと缶ずつふたをこじ開け、ついさっき手に入れた火炎放射器を噴射させてすべての小屋に火が回るのを見つめた。

「燃えろ！」モートンが叫んだ。

「燃えろ！」エディも叫んだ。

下のほうで炭坑が爆発した。入り口から黒煙が立ちのぼった。スミティは作業を完了すると、待ち合わせの場所に戻った。モートンは石油缶をひとつ小屋に蹴り込み、火炎をロープ状に噴射した。

エディはそれを見つめてニヤリと笑い、残る最後の小屋へと向かった。それは大きくて、掘っ立て小屋というよりは立派な納屋のようだった。彼は火炎放射器を構えた。**終わりだ。**彼は自分に言った。**これで終わりだ**――何週間も何ヶ月もクソッタレの手につかまったまま、汚い歯と骨ばった顔をした人間以下の野郎たちに見張られ、スズメバチの死骸入りのスープを出されて。このあとどうなるかは分からないが、これまで耐えてきたことより悪くなるはずはない。

エディは引き金を引いた。ブワーッ。炎が勢いよく噴き出した。竹が乾燥していたから、一分とたたずに納屋の壁はオレンジと黄色の炎に溶けていった。遠くでエンジンのうなる音がした。きっと大尉がここから逃げるための車を見つけたんだ、と思ったとたん、にわかに空から最初の爆撃音が、毎晩聞こえていたあの音がとどろいてきた。爆撃音はどんどん近づいてくるから操縦しているのが誰であろうとこの炎が見えないはずはない、とエディは思った。救出されるかもしれない。家に帰れるかもしれない！　彼は燃え上がる納屋に目を向けた、と、そのとき――

なんだ？

彼は目を瞬いた。

なんだ、あれは？

入り口の向こうを何かがさっと横切った。エディは目を凝らした。灼熱《しゃくねつ》の炎を前に、彼はあいているほうの手で目を覆った。確認できないが、何か小さなものが炎の中を駆け回っているような気がした。

「おい！」エディは叫び、歩み寄り、武器をおろしてもう一度言った。「おーい！」

納屋の屋根が崩れ始め、火の粉を撒《ま》き散らして炎を上げた。エディは飛びのいた。目から涙が出た。きっとただの幻影だろう。

「エディ！　早くしろ！」

モートンが戻りながらエディに急げと手を振っている。目が痛んだ。息もつらくなってきた。

モートンは耳に手を当てた「えっ？」

彼は指差して叫んだ。「中に誰かいるみたいなんだ！」

「中に……人が！」

モートンは首を振った。聞こえないようだ。エディはまた炎のほうに向き直ったが、今度はほぼ確信した――やっぱり見えた、あそこに、燃えさかる納屋の中を這っている、子供みたいな人影が。大人以外の人間には二年以上お目にかかっていなかったが、この人影を目にしたとたんに、ピアにいる小さないとこたちが、自分が運行していた〈ちびっこミニ鉄道〉が、ジェットコースターや海辺で遊ぶ子供たちが、マーガリートと彼女の写真が、それにこの何ヶ月もの間必死で心から締め出していたありとあらゆるものが蘇《よみがえ》ってきた。

「おい！　出てこい！」彼は火炎放射器を手放して叫び、さらに近づいていった。「撃たないから！」

肩をむんずとつかまれて、後ろへ引かれた。エディはくるりと向きを変えると、こぶしを握り締めた。モートンだった。「エディ！　ぐずぐずするな！」

　エディは首を振った。「いや、待った、待ってくれ、誰かいるんだ、中に――」

「誰もいないって！　行くぞ！」

　エディは必死だった。また納屋に向き直った。再度モートンにつかまれた。今度は振り返りざまに腕を振り回して、モートンの胸をなぐりつけた。モートンはがくりと両膝をついた。エディの頭はガンガン鳴った。怒りに顔がゆがんだ。また炎のほうを向いたが、もう目は開けていられなかった。**ほら、そこに。やっぱりそうだろう？　壁の向こうで転げ回ってる……ほら……。**

　彼は罪のないものが自分の目の前で焼き殺されようとしているのだと確信して、歩きだした。そのとき、残っていた屋根が轟音《ごうおん》をあげて崩れ、火花のように火の粉が飛び散り、それが頭上に降り注いだ。

　その瞬間、戦争の何もかもが一気にこみ上げてきた。捕虜なんてもうごめんだ、人殺しなんてもうごめんだ、こめかみにはりつく血やベトベトにも、もううんざりだ、爆弾とか焼き打ちだとか、そういう不毛なことは全部、もうごめんだ。それと同時に、彼はただ何かを――ラボッツォのひとかけらでも、自分自身のひとかけらでもいいから、何かを――救いたいという気持ちにかられて、よろよろと炎を上げる建物の中へと入っていった。黒い影のひとつひとつにも必ず魂があると狂気じみた確信をもって。上空で何機もの飛行機がうなり、銃声がドラムのように鳴り響いた。

エディは夢遊病者のように歩いた。燃え上がる石油だまりを横切ったときに、服の後ろに火がついた。黄色い炎がふくらはぎから腿へと燃え上がっていった。彼は両腕を上げて、叫んだ——

「助けてやる！　出てこい！　撃たないか——」

突き刺すような痛みが走り、足が引き裂かれた。彼は恨みがましい呪いの叫びを長々とあげて地面に倒れた。膝の下に血が流れた。飛行機のエンジン音が響き渡った。青みがかった閃光に空が白んだ。

彼は足から血を流し、背中から炎を上げながら、焼けつくような熱に目を開けることもできずに、その場に横たわっていた。生まれて初めて死を覚悟した。そのとき、誰かがぐいと彼をつかみ、ぬかるみの中を引きずり、服の火を消してくれたが、彼自身は呆然として力もなく、抗《あらが》いもせずに、ただ豆袋のように引きずられていった。そのまますぐに運搬車に乗せられ、周りを取り囲んだ仲間からしっかりしろと声をかけられた。背中は焼け爛《ただ》れ、膝はすっかり麻痺して、めまいと疲労感に襲われた。ものすごい疲労感に。


戦場でのあの最後の時を思い出しながら、大尉はゆっくりとうなずいた。

「あそこからどうやって脱出したか、何か覚えてるか？」彼は聞いた。

「いえ、あまり……」エディは言った。

「二日かかった。君はほとんど意識がなかったからな。出血がひどくて」

「でも、最終的には脱出できたわけですよね」エディは言った。

「まあぁ、な」大尉は妙に間延びした返事を返し、ため息で締めくくった。

「それにしても、あの弾はやけにまともに君の脚をとらえたもんだな」

事実、その後、弾が完全に取り除かれることはなかった。何本もの神経とアキレス腱を切り裂いたあげく、弾丸は骨に当たって砕けたが、骨のほうも真っ二つに折れた。エディは二度手術を受けた。二度とも完治にはいたらなかった。医者からは、一生足を引きずることになるだろうし、曲がった骨は老化してさらに悪化するだろうと言われた。「最善は尽くしました」とも言われた。本当に？　分かるものか。エディに分かったことといえば、病棟で目覚めたら人生がすっかり変わっていたということだけだった。もう走れない。踊れもしない。しかし、何よりも最悪だったのは、どういうわけかそれまでの心意気がすっかり失われていたことだった。引っ込み思案になった。何もかもがバカげたことか無駄なことに思えた。戦争はエディの中へ――脚の中や魂の中へ――と這いずり込んでしまっていた。彼は兵隊になって多くを学んだ。そして、別人になって帰宅した。


「知ってたかい？」大尉は言った。「私は三世代にわたる軍人の家の出なんだ」

エディは肩をすくめた。

「本当だ。六歳のころにはピストルの撃ち方を知っていた。親父《おやじ》は毎朝私のベッドを点検した

――わざわざ二十五セント玉をはずませてシーツの張りを確かめたもんだ。夕食のテーブルについても、『イエッサー、ノーサー』だ。入隊する前は、命令を受けるだけだった。それが、気がつけば自分が命令を出していた。平時はよかった。この道に通じた新兵が大勢入ってきたから。ところが、戦争が始まると、ただの新兵が押し寄せてくる――若い、君のような。で、私に敬礼して、私が指示を出すのを待っている。目に恐怖の色を浮かべて。まるで私が戦争に関する重大機密でも知っているかのような態度で。私に命を守ってもらえると思って。君もそう思ってただろう?」

エディは認めないわけにはいかなかった。

大尉は片手を後ろに回して首をさすった。

「もちろん、そんなことできっこないさ。こっちだって命令を受けてるんだから。ただ、君らの命は守れなくても、君らの一体感は、統率は守れるだろうと思った。大きな戦争の真っただ中にいると、どんなにちっぽけなことでもいいから信じられるものが欲しくなる。それをいったん見つけたら、それにしがみつく。塹壕で祈りをささげる兵士が十字架を握り締めるみたいに。私が御守りにしていた小さな信念は、毎日君たちに言ってたあれだ――『誰ひとり見捨てない』」

エディはうなずいた。「あれは大きな力になりました」

大尉はまっすぐに彼を見た。「ならいいんだが」

彼は胸ポケットに手を入れ、もう一本タバコを取り出して火をつけた。

「どういう意味です?」エディは尋ねた。

大尉は煙を吐き出して、タバコの先でエディの脚を指し示した。

「私なんだ」彼は言った。「君を撃ったのは」


エディは枝の下でぶらぶら揺れている脚を見つめた。手術の痕《あと》がまたついていた。痛みもあった。死んでから忘れていた感情、いや、ここ何年も忘れていた感情――怒濤《どとう》のように押し寄せる怒りの洪水、何かを痛めつけたい欲望――がまた沸々《ふつふつ》とわき上がってきた。目を細めて大尉をにらみつけた。大尉は、今後の成り行きは分かっているさというような目でぼんやりエディを見つめ返し、指の間からタバコを落とした。

「かかってこい」大尉は小声で言った。

エディは雄《お》たけびをあげると腕を大きく振り上げて大尉に飛びかかり、二人は枝から転げて、取っ組み合ったまま下へ下へと落ちていった。


「なぜだ? クソッ! このヤロー! よくもそんな! なぜなんだ?」

二人はどろどろの土の上で取っ組み合っていた。エディは大尉の胸に馬乗りになり、顔面を何度もなぐりつけた。血は出なかった。エディは大尉の襟もとをつかんで頭部を揺さぶり、その後頭部を泥土に打ちつけた。大尉は瞬きもしなかった。ただ、なぐられるたびに、右へ左へと顔の向きを変え、エディの怒りに身を任せていた。が、ついに、片腕を伸ばしてエディをつかむと、そのままエディをのけぞらせた。

「なぜなら――」彼はエディの胸を肘《ひじ》で押さえつけ、物静かな口調で言った。「撃たなければ、あの火の中で君を失っていたからだ。君は死ぬところだった。だが、君の番じゃなかったってことだ」

エディは荒い息の下で言った。「オレの、番?」

大尉は続けた。「君はまるで取りつかれたようにあの火の中へ入り込もうとしていた。君を止めようとしたモートンまでなぐり倒した。もう時間がなかった、それに、君はあまりにも力が強くて、力づくでは抑えられなかった」

エディは憤怒《ふんぬ》の最後のうねりに煽《あお》り立てられて、大尉の襟をつかんだ。ぐいと引き寄せた。ヤニに黄ばんだ歯が見えた。

「オレの……脚を……!」エディは煮えくり返った。「オレの人生を!」

「私は君の脚を奪った」大尉は静かに言った。「君の人生を救うために」

エディは手を離すと、疲れきって仰向けにひっくり返った。腕が痛かった。頭がグルグル回った。何年も何年も、あの一瞬が――あのほんの一瞬の出来事が、人生を変えたあの一瞬が――頭から離れなかった。

「あの小屋には誰もいなかった。オレは何を考えていたんだ？　助けようなんて気さえ起こさなかったら……」彼は声を落としてささやき声になった。「どうしてオレは死ななかったんだ――」

「誰ひとり見捨てない、そう言っただろう」大尉は言った。「君の身に起こったことは――私は同じような例を何度も目にしていた。兵隊はある一点までいくと、もうそれ以上どうしようもなくなるものなんだ。夜中にそうなることもある。突然テントから這い出して、裸足で、半分裸のまま、歩いて家に帰ろうとする。すぐ近所にいると思い込んで。

戦闘の最中にそうなることもある。銃を捨てて、うつろな目になる。そうなったらもう終わりだ。もう戦えない。たいていは撃たれる。

君の場合、よくあるケースだが、あとちょっとで始末がつくというときになって、炎を目の当たりにして、おかしくなってしまった。だが、君を生きたまま焼くわけにはいかない。足のケガくらいなら治るだろうと思ったんだ。君をあそこから引きずり出して、で、あの二人が君を野戦病院まで運んだ」

呼吸がエディの胸をハンマーのように打ちつけた。顔は泥と葉で汚れていた。大尉の言葉をのみ込むまでに、一瞬、間があった。

「あの二人が？」エディは言った。「どういう意味です、『あの二人が』って？」

大尉は立ち上がり、足についた小枝を払った。

「あのあと、私に会った覚えは？」彼は聞いた。

なかった。エディはそのまま飛行機で病院へ運ばれたが、結局、ケガがもとで除隊となり、アメリカへ帰った。その後何ヶ月もしてから、大尉の訃報《ふほう》を耳にしたが、きっと別の部隊とともに別の戦闘に参加して、そこで戦死したのだろうと思っていた。勲章の入った手紙が届いたが、エディは開封もせずそのまましまい込んだ。戦争から戻ったあと、暗く陰鬱な数ヶ月を過ごし、軍隊でのこまごましたことは忘れ、思い出にとどめようとも思わなかった。やがて、彼は引っ越した。

「さっきも言ったように」大尉は言った。「破傷風？　黄熱病？　銃撃戦？　そんなもん、いくら予防してもなんの意味もなかった」

彼はエディの肩越しに遠くを見つめてうなずいた。

エディも振り返って見た。

荒れ果てた丘は忽然《こつぜん》と消え、周囲は彼らの脱走した夜の景色となり、空には朧月がかかり、戦闘機が飛来し、あたりの小屋は炎に包まれていた。大尉はスミティとモートンとエディを乗せた運搬車を運転していた。エディは火傷《やけど》と負傷で半分意識を失ったまま後部座席に横たわり、モートンが彼の膝の上に止血帯を結んでいる。爆撃音がどんどん近づいてくる。夜空が数秒おきに明らみ、まるで太陽が点滅しているかのようだった。運搬車は丘の頂上まで来ると、急ハンドルを切って止まった。門があった。材木と針金で作られた間に合わせの門だったが、両脇の地面がすとんと崖状に切り立っていたから、迂回《うかい》できなかった。大尉はライフルをつかむと飛びおりた。彼は錠を撃って壊し、門を押し開けた。モートンにハンドルを握るようジェスチャーで示し、次に自分の目を指差して、前方を確認してくるという合図を送った。その道はカーブして繁茂した木立へと続いていた。大尉は裸足で走れる限りの全速力でカーブからさらに五十ヤード（約四十五メートル）向こうまで走った。

見渡す限り誰もいなかった。彼は部下に手を振った。飛行機が頭上に迫り、彼はどちら側の機体か確認しようと天を仰ぎ見た。その一瞬の出来事だった――右足の下でカチッと小さな音がした。

地雷が爆発した。地球の中心から炎が噴出したかに見えた。大尉のからだは二十フィート（約六メートル）上空に吹き飛ばされ、ばらばらに引き裂かれた――燃え上がる骨と筋の塊、黒焦げになった何百もの肉片。そのいくつかは泥土のはるか上へと舞い上がり、菩提樹の枝々に引っ掛かった。

第二の教え

「そんな！」エディはそう言うと、目を閉じて頭をガクンと後ろにそらした。「ああ、大尉殿、そうとは知りませんでした。むごい、むごすぎる！」

大尉はうなずいて目をそらした。山々はまた何もない荒野に戻り、動物の骨や壊れたカートや真っ黒に燻《いぶ》された村の残骸があった。エディにもやっと、ここが大尉の墓場であることが分かった。葬儀はなし。棺もなし。ただ、粉砕された彼の骨と泥土があるばかりだ。

「今までずっとここで待ってたんですか？」エディは小声で言った。

「ずっとと言っても」大尉は言った。「時間の感覚がちがうから」彼はエディの隣に座った。「死ぬことだって、すべての終わりってわけじゃない。普通みんなそう思っているが。現世でのことは単なる始まりにすぎないってのに」

エディは戸惑いを見せた。

「聖書にあるアダムとイヴの物語といっしょだ」大尉は言った。「アダムの地上での第一夜。眠

りにつこうと横たわったとき、彼は何もかも終わりだと思う、だろ？　彼は眠りが何かを知らなかった。だから、目を閉じ、これで自分はこの世とおさらばだと思った。

だが、そうじゃなかった。翌朝目覚めると、これから過ごす真新しい世界があった。しかも、彼が手に入れたのはそれだけじゃない、彼は、自分の過去も手に入れたんだ」

大尉はニヤリと笑った。「私はそう考えている。ここで手に入れるものはそれだ。それが天国というところだ。自分の過去を理解するところ」

彼はプラスチックのタバコケースを取り出すと、指でポンとたたいた。「分かるか？　こんなに熱心に人にものを教えたのは初めてだ」

エディは大尉をまじまじと見つめた。もっとずっと年がいっているのかと思っていた。しかし、今こうして顔の炭がぬぐわれてみると、しわもほとんどなく、頭髪は黒々として豊かだ。せいぜい三十代そこそこだったにちがいない。

「では、死んでからずっとここに？」エディは言った。「あなたの生きた人生の二倍もの時間を……」

大尉はうなずいた。

「君を待ってたんだ」

エディはうつむいた。

「ブルーマンにもそう言われました」

「そうか、彼もね。彼も君の人生の一部だったから。君がどうして、どうやって、生きてきたかの答えのひとつだったから。君が知るべき物語のひとつだったから。でも、話がすんだらいなくなっただろう。私ももう行くよ。だが、その前に聞いてくれ。これこそ君に聞いてもらわなくちゃいけない話なんだ」

エディは背筋が伸びるのを感じた。

「犠牲――」大尉は言った。「君はひとつのことを犠牲にした。私もひとつ、犠牲にした。みんな何かを犠牲にして生きる。ところが君はそのことでずっと憤《いきどお》っていた。なくしたもののことばかりを考えていた。君は分かってなかったんだ。犠牲も人生の一部だってことが。そういうもんなんだよ。悔やむことじゃない。みずから望んでしかるべきことだ。小さな犠牲もある。大きな犠牲もある。娘を学校へやるために働く母親。病気の父親の看病をするために実家に戻る娘。戦争へ行く男……」

彼は一瞬、話をやめて、灰色の曇天へ目を向けた。

「ラボッツォだって、無駄死にしたわけじゃない。彼は祖国の犠牲となった。家族もそれを理解した。だからラボッツォの弟は立派な軍人、すばらしい人間になった。兄の犠牲が弟の魂を動かしたんだ。私だって無駄死にしたわけじゃない。あの晩、我々四人全員が地雷地帯に突っ込んでいたかもしれないんだ。そうしたら、四人とも終わっていた」

エディは首を振った。「でも、大尉殿は……」彼は声を落とした。「大尉殿は命を失われた」

大尉は舌をチッチッと歯に打ちつけた。

「それだよ。ときには貴重なものを犠牲にすることもあるが、ただ失うってわけじゃない。ほかの誰かに譲ってやるだけだ」

大尉はまだ地面に突き刺さったままになっているヘルメットとライフルと名札から成る象徴的な墓のほうへ歩いていった。ヘルメットと名札を片腕に抱えると、ライフルを抜き取って、槍《やり》投げの要領で放り投げた。ライフルは落下しなかった。ひたすら上空へと飛んで、消えた。大尉は振り返った。

「は?」

「私は君を撃った」彼は言った。「君はそれによって失ったものもあるが、得たものもある。まだ分かっていないだけで。だが、私だって、得たものがある」

「は?」

「約束を守ることができた。君を見捨てずにすんだ」彼は手を差し出した。

「脚のことは許してくれるかい?」

エディは一瞬、考えた。傷のせいで自分が舐《な》めた辛酸《しんさん》と失ったすべてのことへの憤りに思いをめぐらせた。それから大尉の失ったものを思い、恥ずかしくなった。彼も手を差し出した。大尉はその手をしっかりと握った。

「このために待ってたんだ」

突然、茂ったツタ類が菩提樹からするりと落ちて、地面の中へジュウと溶け込んだ。そして、新鮮な若い枝が目覚めの伸びをするように生え出てきて、それをなめし皮のようなつややかな葉とイチジクの実が覆った。

大尉はそれを予想していたかのように平然と見つめていた。そして、両手のひらで顔に残っていた灰をぬぐった。

「大尉殿?」

「なんだ?」

「どうしてここなんです? 待つための場所はどこでも選べるんですよね? ブルーマンがそう言ってました。それを、なぜここに?」

大尉はほほ笑んだ。「それは、私が戦死したからだよ。この山岳地帯で死んだからだ。私が生前知っていたことといえば、ほとんど戦争だけだ――戦争の話、戦争の計画、戦争ばかりの家族。私の願いは戦争のない世界を見ることだった。人が殺し合いをし始める以前の世界」

エディはあたりを見回した。「でもここは戦場です」

「君の目にはな。人によって見え方がちがうんだ」大尉は言った。「君と私じゃ見えてるものがちがう」

彼が片手を上げると、くすぶっていた景色が一変した。瓦礫は溶け、木々が繁茂し、泥一色の地面は一面青々とした草に覆われた。灰色の雲がカーテンのように開けて、サファイアブルーの空があらわれた。木々のこずえには明白色の霞《かすみ》がかかり、桃色の太陽が水平線の上で輝き、島を取り巻く海原に日差しがキラキラ照り返した。純粋で、穢《けが》れなく、人の手に触れられていない美しさ。

上官を見上げると、その顔は清らかで、軍服にはいつの間にかプレスがかけられていた。

「これさ」大尉は両腕を上げて言った。「これが私の目に見えているものさ」

エディはしばらく立ち尽くし、すべてを見て取った。

「それと、実はもうタバコは吸わないんだ。あれも君の目にそう見えてただけでね」彼は楽しそうに笑った。「天国に来てまで吸わなくてもいいだろう」

彼は歩き始めた。

「待ってください」エディは叫んだ。「まだ知りたいことがあります。自分が死んだときのこと。ピアで。自分はあの女の子を救えたのでしょうか？　あの子の手にさわったのは覚えてるんです、でもそのあとは……」

大尉が振り返った。大尉のむごたらしい死にざまを考えると、自分の死に際の話など口にするのもはばかられた。

「それだけは知りたくて……」彼は口ごもった。

大尉は耳の後ろをかき、同情するような目でエディを見た。「私にはなんとも——」

エディはがっくりとうなだれた。

「でも、誰かが教えてくれるだろう」

彼はヘルメットと名札を放ってよこした。「君のだ」

エディはヘルメットへと視線を落とした。ヘルメットの折り返しの中には女性の写真が――今も昔と同じようにエディの胸を疼かせる写真が――しわくちゃになって入っていた。目を上げると、大尉は消えていた。

月曜日　午前七時三十分

事故の翌朝、ドミンゲスはいつものベーグルとジュースの朝食もとらず、早々に作業場へやってきた。遊園地は閉鎖されていたが、それでもとにかく出勤して、流しの蛇口をひねった。流れ出る水に両手を浸し、乗り物の部品でも洗おうかと考えた。やはりやめて、水を止めた。さっきの倍も静けさが増した気がした。

「どうした?」

ウィリーが作業場の入り口に立っていた。緑色のランニングシャツにバギージーンズ姿で。彼の手にしている新聞の見出しには「遊園地の悲劇」と出ていた。

「眠れなくてさ」ドミンゲスが言った。

「そうか」ウィリーは金属製のスツールにどっかと腰をおろした。「オレも」

彼はスツールに腰かけたまま、新聞をぼんやり見つめてからだをくるりと半回転させた。「いつ再開するかな?」

ドミンゲスは肩をすくめた。「警察に聞いてみろよ」

二人はしばらく黙ったまま座り、まるでかわりばんこと決めているように、交互に身動きした。ドミンゲスがため息をついた。ウィリーはシャツのポケットに手を入れてガムを取り出した。月曜日。朝。二人はあの「大将」がやってきて、一日の仕事が始まるのを待っていた。

天国で会う三人目

一陣の風に舞い上げられて、エディは鎖の先についた懐中時計のようにクルクルと旋回した。と、突然ブワッと煙が立ちこめて、色とりどりの霞に全身包み込まれた。空が迫ってきたかと思ったら、手繰り寄せた毛布のように皮膚に触れてきた。と、今度は空が遠くへ飛散し、破裂して翡翠《ひすい》色《いろ》になった。それから何百万個もの星が、まるで緑がかった蒼穹《そうきゅう》に塩をまぶしたように出現した。

エディは瞬きをした。またしても山岳地帯だが、今度のは聳え立つ山々がどこまでも脈々と連なり、尾根には雪をいただき、ゴツゴツした岩肌や切り立った紫色の斜面が見て取れた。山と山の間の平坦な部分に大きな湖が黒々と横たわり、湖面に月が煌々《こうこう》と輝いていた。

山のふもとに、色とりどりのライトが数秒おきに規則的に変化しながら点滅するのが見えた。彼はそちらへ歩み寄った――気がつくと足首まで雪に埋もれていた。彼は足を持ち上げて激しく振った。キラキラ金色の輝きを放って、雪片が落ちた。さわってみると、冷たくもなく湿り気も

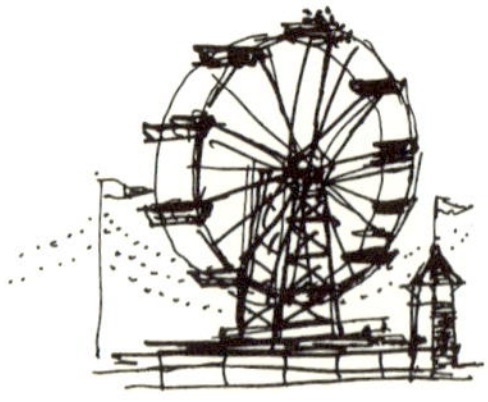

ない。

ここはどこだ？　エディはまた自分のからだを確認しようと、肩や胸や腹を押してみた。腕の筋肉はまだがっしりしているが、腹のあたりはゆるんでたるんでいた。彼は一瞬ためらってから、左の膝をひねってみた。痛みが走り、たじろいだ。大尉と別れるとき、この古傷が消えるのではないかという希望を抱いた。しかし、彼は生きていたころと同じ男になりつつあった――傷があって、ぶよぶよと太った男に。

どうして天国に来てからもう一度老化しなきゃならないんだ？

彼は細い稜線《りょうせん》の下で点滅するライトを追った。この景色――空漠とした息をのむような静かな景色――は、彼が天国とはこういうところだろうと想像していたものに近かった。一瞬、もう終わったのではないか、大尉は間違っていたのではないか、もう誰とも会わないのではないか、と思った。岩棚をめぐって雪の中を歩いていくと、明かりの光源となっている空き地に出た。またた目を瞬いた――今度は信じられなくて。

雪原の中に、ぽつんと、ステンレス製の外装に赤いトタン屋根をのせた有蓋貨車型の建物が建っていた。看板の「食事できます」という文字が明滅していた。

食堂。

エディもこういう食堂でどれほど時を過ごしたか分からない。外見はどこも似たようなものだ――高い背もたれに仕切られたボックス席。光沢のあるカウンターテーブル。正面には横一列に小さな窓ガラスがはめられているから、外からだと中の客は列車の乗客のように見える。窓越しに、身ぶり手ぶりをまじえてしゃべっている人々の姿が見えてきた。彼は雪の積もった石段を上がり、二重窓のついたドアに近寄って中をのぞいた。

右手のほうでは年配の夫婦が座ってパイを食べている。二人とも彼には気づいていない。大理石仕立てのカウンターの回転椅子に腰かけている客もいれば、フックにコートをかけてボックス席に座っている客もいる。客たちはみなそれぞれ違う時代から来たみたいに見える。一九三〇年代ふうの襟の高いドレスを着た女性。腕に六〇年代のピースサインのイレズミをした長髪の若者。どうやら客のほとんどがどこかに傷を負っているようだ。ワークシャツを着た黒人には片腕がなかった。十代の女性の顔には深い傷跡があった。エディが窓をコツコツたたいても誰ひとり振り向かない。白い紙製の帽子をかぶったコックたち、カウンターの上に運ばれるのを待って湯気を上げている料理――深紅色のソースに黄色いバタークリームをあしらった目にも鮮やかな料理――が見える。エディは最後に右手奥にあるボックス席へと目を向けた。凍りついた。

いるはずのない人がいた。

「うそだ」彼は自分の声がそうささやくのを聞いた。ドアに背を向け、深く息を吸った。心臓が高鳴った。彼はもう一度振り返って見つめ、乱暴に窓ガラスをたたいた。

「うそだ!」エディは叫んだ。「うそだ! うそだ!」

これ以上たたけばガラスが割れそうだった。「うそだ」と叫び続け、ついに、彼の追い求めていた言葉が、ここ何十年も口にしたことのなかった言葉が、喉の奥で形になった。そして、大声に出した——頭がガンガン揺すぶられるほどの大きな声で。しかし、奥のボックス席にいるその人物は相変わらずテーブルにかがみ込み、何もかも忘れたかのように片手をテーブルにつき、もう片方の手に葉巻を持ち、エディが何度叫ぼうが決して顔を上げようとしなかった。エディが繰り返し繰り返しこう叫んでも——

「父さん！　父さん！　父さん！」

今日はエディの誕生日

薄暗く殺風景な復員軍人庁病院の廊下で、エディの母が白い箱を開けて、ケーキの上にロウソクを——こちら側に十二本、向こう側に十二本——立て直す。ほかの人たち——エディの父、ジョー、マーガリート、ミッキー・シェイ——はその周りに立って見つめている。

「誰か、マッチ持ってる？」母が小声で言う。

みないっせいにポケットをたたく。ミッキーがジャケットからマッチをひと箱取り出し、その拍子《ひょうし》にタバコが二本パラパラと床に落ちる。母はロウソクに火をつける。エレベーターがスーッとおりてくる。担架《たんか》が一台あらわれる。

「じゃあ、いい？　いくわよ」彼女は言う。

一同が動きだし、小さな炎が揺らめく。全員で「ハッピーバースデー・トゥ・ユー、ハッピーバースデー・トゥ・ユー……」と抑えた声でうたいながら、エディの病室へと入る。

隣のベッドの兵士が目を覚まして「なんだ、どうした？」と叫ぶ。彼は自分がどこにいるのか思い出して、きまり悪そうに再びパタンと横になる。歌声はこれに中断されて重苦しく沈み込み、二度と盛り上がれない。しかし、エディの母だけは、ひとりきりになっても声を震わせてうたい続ける。「ハッピーバースデー・ディア・エディ……」それから早口で「ハピバスデトゥユ」

エディは枕を背中に当ててからだを起こす。火傷には包帯が巻かれ、脚には長々と石膏《せっこう》がはめられている。ベッドの脇には松葉杖がある。彼は一同の顔を見て、逃げ出したい衝動にかられる。

ジョーが咳払いをする。「なんだ、ずいぶん元気そうじゃないか」と彼は言う。ほかの人たちはあわてて同意する。よかった。うん、元気そうだ。

「お母さんがケーキを焼いてくれたのよ」マーガリートが小声で言う。

エディの母は、自分の出番が回ってきたと、前へ歩み出る。彼女は厚紙でできた箱を差し出す。

エディはもごもごと言う。「ありがとう、母さん」

彼女はきょろきょろと見回す。「どこに置いたらいいかしら?」

ミッキーが椅子をつかむ。ジョーが小さなテーブルの上を片づける。マーガリートはエディの松葉杖をどかす。父だけは、みんながせかせかと動いているときにも動かない。壁にもたれ、ジャケットを腕にかけ、腿から足首まで石膏で固められたエディの脚をじっと見つめている。

エディが父の視線をとらえる。父はうつむいて、窓枠に指を這わせる。エディはからだ中の筋肉を引き締めて、なんとしてでも涙を涙腺《るいせん》に押し戻そうとする。

親は誰でもみな自分の子供を傷つける。それは避けられない。子供は新品のガラスと同じで、それを手にした人の指紋がつく。汚れがつくだけのこともあれば、欠けることもあれば、場合によっては修復不可能なまでに粉砕し尽くされることもある。

最初に父からつけられたのは、無視《ネグレクト》という傷だった。幼児のころは父に抱かれることはめったになく、子供時代には愛情からではなく苛立ちから腕をつかまれることが多かった。母は優しさを与えてくれた。父は懲罰《ちょうばつ》しか与えてくれなかった。

土曜日にはピアへ連れていかれた。回転木馬に乗ったりわた飴を食べたりしようと楽しみにアパートを出るが、一時間もしないうちに父は顔見知りを見つけて「こいつを見ててくれ」と言う。父が戻るまで——たいていは夕方、それも酔った状態で戻るまで——エディは曲芸師や動物の調教師のもとで、拘束状態に置かれた。

遊園地で過ごした幼少期の膨大な時間の大半を、エディは、手すりに腰かけるか、作業場の道具箱の上に半ズボン姿でしゃがみ込むかして、父が自分に注意を向けてくれるのを待って過ごした。たびたび「ぼくもできるよ、お手伝いできるよ！」と話しかけたが、彼に任された唯一の仕事は、朝、開園前に観覧車の下にもぐり込んで、客が前夜ポケットから落としたコインを拾い集めることだけだった。

父は少なくとも週に四日はトランプに興じた。テーブルには、金、酒瓶、タバコ、それとルールがあった。エディの守るべきルールは単純なものだった。邪魔しないこと。一度だけ父の横に立って手をのぞこうとしたことがあったが、父は葉巻を置いて烈火のごとく怒り、手の甲でエディの頬をひっぱたいた。「耳もとに息を吹きかけるんじゃねぇ」と怒鳴られた。わっと泣いたエディを母は腰に抱き寄せ、夫をにらみつけた。エディは二度と近寄らなかった。

父がカードに負け、酒瓶がからで、母がすでに寝てしまった晩は、父のカミナリはエディとジョーの寝室に落ちた。彼は子供たちのわずかばかりのおもちゃを引っつかむと、壁にたたきつけた。それから息子二人をうつぶせに寝かせ、自分のベルトを引き抜いて尻に鞭《むち》打《う》ちを食らわせた。「こんなくだらないものに金を使いやがって」と叫びながら。そういうときいつもエディは、母が起き出してきてくれますようにと祈った。実際、何度か来てくれたこともあったが、「引っ込んでろ」と父にすごまれるだけだった。廊下でバスローブの襟もとをぎゅっと合わせて、エディと同じくらいオロオロしている母を見るのはいっそうつらかった。

エディの子供時代というガラスにかけられた手は、硬く、容赦なく、しかも憤怒で真っ赤になっていた。彼は、たたかれ、鞭打たれ、なぐられて子供時代を過ごしてきた。これが無視《ネグレクト》に続く、二つ目の傷だった。暴力という傷。廊下に響いてくる足音を聞いただけで、エディはどんな目にあわされるかが分かるようになった。

そういう仕打ちを受けて、いや、受けたにもかかわらず、エディは内心父を尊敬していた。息子とは、最悪の仕打ちを受けても父を尊敬するものだ。こうして息子は「献身」を学ぶ。神や女性に我が身をささげる前に、少年は父に我が身をささげる。どんなに愚かで、説明のつかない献身であっても。

そしてときおり、消え入りそうな燃えさしに薪《まき》をくべるように、父はちょっとしたプライドを燃え上がらせて、無関心という氷壁に穴をあけることがあった。

十四番街の学校近くの球場で、父はフェンスの後ろに立ってエディのプレイを見ていた。エディが外野までかっ飛ばすと、父はうなずき、父がうなずくと、エディはベースからベースへとはずむように走った。また、エディが喧嘩をして帰ると、父はエディのすり傷だらけのこぶしと裂けた唇に目をとめて尋ねた。「相手はどうした?」エディはたっぷり見舞ってやったと答える。これもまた父の賞賛で迎えられた。兄をいじめる子供たちを——母が「チンピラ」と呼んだやつらを――エディがやっつけると、ジョーは恥ずかしくて部屋に引きこもったが、父は「いい、気にするな。おまえは強いんだから。兄貴を守ってやってくれ。誰にも手出しさせるんじゃない」と言った。

中学へ進んでからは、父を真似て、夏には日の出から起き出して日没まで遊園地で働いた。最初はわりあい単純な乗り物の運転しかやらせてもらえなかった。ブレーキレバーを操作したり、汽車を静かに停止させたり。しばらくすると、エディは修理作業場で働けるようになった。父は修繕の必要なものをいろいろと持ってきては息子を試した。壊れたハンドルを渡しては「直せ」と言った。からまったチェーンを指差しては「直せ」と言った。錆びついたフェンダーと紙やすりを手渡しては「直せ」と言った。そしてそのたびにエディはちゃんと修理をやりとげて父に届け、「直ったよ」と言った。

夜は家族そろって夕餉《ゆうげ》の食卓についた。ふくよかな母はコンロの前で汗をかきながら料理をし、兄のジョーは髪やからだから潮の香りを漂わせながらしゃべり続けた。ジョーは水泳が達者で、夏の間ルビー・ピアのプールで働いていた。彼はプールの客たちのこと、その水着のこと、彼らのばらまく金のことを話題にした。父はまるで関心を寄せなかった。エディは父が母にジョーのことを「あいつは軟弱だから、水を相手にしてるしか能がない」と言っているのを聞いたことがあった。

それでもエディは夜になると、日に焼けてさっぱりとした兄の様子がうらやましくてならなかった。彼の爪は父と同じように油で汚れていたので、食卓につくと彼は親指の爪でほかの指の爪の汚れをかき出そうとした。それを見た父はニヤリとした。「一日中、一所懸命働いた証拠だ」と言うと、父は自分の汚い爪を掲げて、そのままその手でビールのグラスをつかんだ。

このころ――図体《ずうたい》のでかくなった十代のころ――にはエディはうなずき返すだけになっていた。自分でも知らないうちに父とは無言の合図を交わすだけになっていて、言葉も身体的愛情表現も伴わなくなった。すべて、表に出さずにすます。言わなくても分かるだろう。愛情の拒絶。これでまた傷がついた。

そしてある晩、会話は完全に途絶えた。戦争が終わり、脚のギプスもはずれ、すでに退院して、家族の住むビーチウッド・アヴェニューのアパートに戻ってきてからの話。父が近所のパブで飲んで夜遅く帰宅した晩、エディはソファで寝ていた。戦闘の闇がエディをすっかり変えていた。家の中に引きこもり、誰とも、マーガリートとさえめったに口をきかなかった。何時間もキッチンの窓から外を眺め、回転木馬を見つめ、傷ついた膝をさすっていた。母は、「時間が必要なのよ」とささやいたが、父は日に日に苛立ちを募《つの》らせていった。父には鬱《うつ》状態というものが理解できなかった。彼にとってそれは弱さでしかなかった。

「起きろ」父は呂律《ろれつ》の回らぬ舌で怒鳴った。「起きて働け」

エディは身じろいだ。父はまた怒鳴った。

「起きろ……起きて働け！」父は千鳥足でエディに向かっていくと、彼を押した。「起きて働け！　起きて働け！　起きて……ちゃんと仕事につけ！」

エディは肘をついて起き上がった。

「起きろ！　起きて仕事に――！」

「いい加減にしてくれ！」エディはそう叫ぶと、膝の激痛を押し切り、足に力を入れて立ち上がった。間近に顔を突き合わせて父をにらみつけた。アルコールとタバコの臭《くさ》い息。

父はエディの脚を見つめて、うなり声になるほど声を低めて言った。「ほらな、もう、痛くもなんともねぇんだろう」

父はパンチを食らわせようと後ろに身を引いたが、エディは途中まで振りおろされた父の腕を本能的にがっしり押さえた。父は目を見開いた。エディが自分で自分の身を守ったのは初めてだった。父の仕置きをあたりまえだと甘んじて受けるのではなく、行動に出たのはこれが初めてだった。父は宙ぶらりんになった握りこぶしを見つめ、鼻の穴をふくらませて歯ぎしりをすると、あとずさりして腕を振りほどいた。ホームから遠ざかっていく列車を見つめるような目でエディを見つめた。

彼は二度と息子に話しかけなかった。

これがエディのガラスにつけられた最後の指紋だった。沈黙。その後いつまでもこの二人には沈黙がついて回った。エディが自分のアパートに引っ越すときも、父は何も言わなかった。タクシー運転手の仕事についたときにも、父は何も言わなかった。結婚するときにも何も言わなかった。母に会いに戻ったときにも何も言わなかった。母はどうか考え直して許してやってくれと泣いて頼んだが、父は感情を押し殺していつもと同じ返事――誰にそう言われても返す同じ返事――を繰り返すばかりだった。「あいつはオレに手を上げたんだ」これで話は終わりだった。

親はみな、子供に傷をつける。彼らの場合もそうだった。無視。暴力。沈黙。そして今、現世を超えたところでエディはまたしても拒絶にあって苦悶《くもん》し、ステンレス製の壁にどっともたれ、雪の吹きだまりにへたり込んだ。どういうわけか愛されたくてたまらないのに、ここ天国に来てさえ自分を無視する相手の拒絶に。実の父親の。こうしてガラスに傷がまたひとつ。

「怒らないで」女の声がした。「あなたの声は聞こえてないんだから」

エディはぐいと顔を上げた。年配の女性が目の前の雪の中に立っていた。頬のたるんだやつれた顔にばら色の口紅をさし、ひっつめにまとめた白髪はところどころピンクの地肌が見えるほど薄くなっている。細いブルーの目に金属縁のめがねをかけている。

見覚えのない顔だった。彼女の服は彼の生まれる以前の時代のものだ。白いビーズの刺繍《ししゅう》入り胸当てがある絹モスリンのドレスで、襟もとにビロードのリボンがついていた。スカートにはラインストーンのバックルがあり、脇をスナップとホックでとめていた。両手でパラソルを掲げて、優雅にたたずんでいる。きっと金持ちだったんだ。

「ずっとお金持ちだったわけじゃないのよ」

エディの思いが聞こえたかのように彼女はそう言うと、ほほ笑んだ。

「生まれたときはあなたと同じようなもの。町はずれで育って、十四歳で学校をやめさせられて。それからは働いたわ。姉も妹も。稼いだお金は一セント残らず家に入れて——」

エディは話をさえぎった。もうこれ以上、他人の話は聞きたくなかった。「どうして親父にはオレの声が聞こえないんだろう?」彼は尋ねた。

彼女はほほ笑んだ。「お父様の魂は——安らかで健《すこ》やかなあの人の魂は——私の永遠の世界にあるから。本当にここにいるわけじゃないの。あなたとちがって」

「どうしてあんたの世界で親父の魂が安らかでなくちゃならないんだ?」

彼女は一瞬、間を置いた。

「いらっしゃい」彼女は言った。


二人は、突然、山のふもとにいた。食堂の明かりはもはやただの点となり、クレヴァスに落ちた星のようだった。

「きれいね?」彼女は言った。エディはその視線を追った。どこかで彼女の写真か何かを見たことがあるような、そんな気がした。

「あんたがオレの……三人目なのか?」

「そうなるわね」

エディは頭をかいた。**この女は誰だ？** ブルーマンのときは、それに大尉のときも、少なくともいつどこで会ったのかは分かった。どうして見ず知らずの人間が？ どうして今度は？ 以前、エディは死とは自分より先に逝《い》った人たちとの再会の場だと思っていた。いくつもの葬儀に参列して——靴を磨き、帽子を探し、墓地に立ち、いつも同じ絶望的な問いかけをしてきた——**みんな逝ってしまったのに、どうしてオレはまだここにいるんだ？** 母も。兄も。叔父叔母たちも。親友のノエルも。マーガリートも。「いつの日か」牧師の話はいつも同じだった。「私たちは神の御国《みくに》でいっしょになるのです」

じゃあ、今、ここが神の御国なら、みんなはどこにいるんだ？

エディはこの見覚えのない老女をまじまじと見つめた。以前にもまして孤独を感じた。

「地上が見たいんだけど」彼はささやいた。

彼女は、無理ねと首を振った。

「神様と話すことは？」

「それはいつでもできるでしょ」

彼はちょっとためらってから次の質問をした。

「じゃあ、戻ることは？」

彼女は目を細めた。「戻る？」

「ああ。戻りたい」エディは言った。「オレの人生に。あの最後の日に。何かできることがあるだろう？　善良な人間になりますと約束するとか。ちゃんと教会に通いますと誓うとか、何か」

「どうして？」彼女はおもしろがっているようだった。

「どうして？」エディは繰り返した。エディは雪をなぐりつけたが、相変わらず冷たくはなく、手が濡れることもなかった。

「どうしてって、そりゃあ、ここにいたってオレにはなんの意味もないからだ。天使のようになるはずだって言われても、そんな気分じゃない。説明がついたって気もしない。全然。自分の死んだときのことだって思い出せないんだから。事故のことが全然思い出せない。覚えてるのは、小さな二つの手だけ——オレが助けようとしたあの女の子の。あそこから引っ張り出そうとして、たしかに手をつかんだはずなんだ。その瞬間、オレは……」

彼は首をすくめた。

「死んだ？」女性は言ってほほ笑んだ。「逝った？　亡くなった？　みまかった？」

「死んだんだ……」彼はそう言って、息を吐いた。「それだけだ、覚えてるのは。それからあんたと、さっきの二人と、ここでこうしてる。死んだら平和になるものとばかり思ってたのに」

「平和は訪れるわ」老女は言った。「自分で受け入れれば」

「いいや」エディは言って首を振った。「それはない」

彼女に言ってしまおうか——戦争以来、毎日毎日動揺し続けたことを、悪い夢を見たことを、何をやっても気持ちが上向かなかったことを、幾度となくひとりで桟橋《さんばし》へ行って大網にかかった魚が引き上げられるのを見て、そのたびに罠《わな》にはまって逃れるすべもなくむなしく跳ね回る魚たちの姿に自分が重なって見えてうろたえたことを。

しかしそれは言わなかった。かわりに、「悪く思わないでくれ、ただ、あんたとは知り合いでもないのに」

「でも私のほうはあなたを知ってるの」彼女は言った。エディはため息をついた。

「そりゃまた、どうして？」

「じゃあ」彼女は言った。「ちょっとお話ししましょうか」

腰かけるものもないのに、彼女は腰かけた。淑女然と背筋をピンと伸ばし、足を組んで、空中に座っている。長いスカートをきちんと身の回りに巻きつけて。そよ風がかすかな香水の香りを運んできた。

「さっきも言ったように、私も昔は労働者だったの。『シーホース・グリル』というお店のウェイトレス。覚えてるでしょ、あなたの育った海の近くのお店」

彼女が食堂に向かってうなずくと、何もかもがエディの頭に蘇ってきた。そうだ、あそこだ。よく朝飯を食った。いわゆる「大衆食堂《グリージー・スプーン》」。もう何年も前に取り壊された。

「あんたが」エディはそう言うと笑いそうになった。「あんたが、『シーホース・グリル』のウェイトレス？」

「ええ」彼女は誇らしげに答えた。

「港湾労働者や波止場人足たちに、コーヒーを出したり、カニ肉団子《だんご》やベーコンを出したりしてたの。

これでもあのころはもてたのよ。プロポーズを山ほど断って。姉たちによく叱られたわ――『そんなにえり好みして何様のつもり？　手遅れにならないうちに、さっさと決めなさい』って。そして、ある朝、最高にすてきな紳士がドアから入ってきたの。チョークストライプのスーツに山高帽をかぶって。きちんと刈り込んだ黒い髪。口もとに微笑を絶えず浮かべていて、それを口ひげがそっと包み込んでいた。私がお給仕をすると、にっこりとうなずいて。でも私はじろじろ見ないようにしていた。連れの人たちと話している彼の、重みがあって自信たっぷりの笑い声は聞こえてきたけど。二度、彼と視線が合って、で、お金を払うとき、彼は『エミールです』って名前を名のってから、お誘いしてもかまいませんかって聞いてくれた。直感したわ、これでもう、姉たちからせき立てられることはなくなるって。

デートはそりゃあ豪華だったのよ。エミールは資産家だったから。行ったことのないところへ連れていってくれたり、想像したこともないような服を買ってくれたり、それまでの貧しくてぎりぎりの生活では味わえなかった食事をご馳走《ちそう》してくれたり。材木と鉄鋼に投資して、あっという間に財産を築いた人だったんだけど、浪費家で、投機好きでもあってね。何か思いつくとすぐ飛びついちゃうの。でも、だからよね、私みたいな貧乏人に惹かれたのも。彼は生まれついての金持ちをひどく嫌ってて、『洗練された人たち』が絶対にしないことをいろいろやってはおもしろがってたわ。

そのひとつが、海辺の遊園地。彼は乗り物も、潮の香りのする食べ物も、ジプシー（ロマ）も、占い師も、体重当ても、水中ショーも大好きだった。それに、何より私たちは二人とも海が大好きだった。ある日、砂浜の、足もとぎりぎりまで波が寄せてくるあたりに座っていたときにね、結婚を申し込まれたの。

天にものぼる気持ちで、イエスって答えたわ。そのとき、海で遊ぶ子供たちの声が聞こえてきたと思ったら、彼は例によって思いつきに飛びつくって感じで私に宣言したの、私のために遊園地を建てるって。この瞬間の幸福をしっかりとつかまえるために、永遠に若くいるために」

彼女はほほ笑んだ。「エミールは約束を守ったわ。数年後に、鉄道会社と契約を結んで。向こうはちょうど週末の乗客数を増やせないかって考えていたところだったから。こうやってできる遊園地って多いのよ、知ってた？」

エディはうなずいた。彼も知っていた。たいていの人は知らないが。知らないどころか、遊園地は妖精たちがお菓子の杖を使って建てるものだと思っている。実際には、遊園地は鉄道会社の単なる投機事業にすぎない。路線の終点に遊園地を建てれば、週末にも乗客を確保できる。かつてエディはよくこう言ったものだ――「オレの職場を知ってるかい？　終点だよ。終点で働いてるんだ」

　彼女は話を続けた。「エミールは最高にすてきなところをつくってくれたわ。まず自分の所有する木材と鉄鋼を使って、巨大な埠頭《ピア》を造って。それから魔法みたいにすてきな遊具が次々とやってきた——レースカーやボートやミニ鉄道。回転木馬はフランスから輸入して、観覧車はドイツ万博で使ったものを持ってきた。タワーや尖塔がいくつも聳え立ち、何千個もの電球がともされて、夜になっても沖合いの船のデッキから遊園地が見えたのよ。

　エミールは何百人もの労働者を雇い入れた。地もとの労働者、旅回りのカーニバルの労働者、それに外国人労働者も。動物使いや曲芸師やピエロも連れてきた。で、最後に完成したのが入場門。本当に壮大な門だったわ。誰もがそう言ってた。完成すると、彼は私に目隠しをして、そこまで連れていった。そして、彼が目隠しをはずすと、目の前にあったのよ——それが」

　彼女はエディから一歩下がった。彼女は拍子抜けした顔でエディをしげしげと見つめた。

「入場門よ」彼女は言った。「覚えてない？　遊園地の名前、どうしてだろうって、考えたことない？　あなたの働いていた遊園地の名前？　あなたのお父さんが働いていた遊園地の？」

　彼女は白い手袋をはめた指を自分の胸にそっと当てた。そして、かしこまって自己紹介するときのように、軽く膝を折った。

「私の名前は」彼女は言った。「ルビー」

今日はエディの誕生日

三十三歳。ビクッとからだを動かして目覚め、息をつこうとしてあえぐ。濃い黒髪が汗でねっとりはりついている。きつく目を瞬いて、暗闇に目を凝らし、自分の腕やこぶしや、なんでもいいから、自分が戦場に、あの村に、あの炎の中に戻ったのではなくて、ここに、パン屋の上のアパートにいるということを証明してくれるものに焦点を合わせようとする。あの夢。いつまで見るんだ？

午前四時。寝なおす時間でもない。彼は呼吸がおさまるのを待って、妻を起こさないようにゆっくりとベッドから滑り出る。いつもの癖で、まず右足をおろす。左はどうしてもこわばってしまうから。エディの朝はいつもこうして始まる。一歩踏み出し、一歩よろめく。

バスルームで充血した目を見つめて顔に水を浴びせかける。いつもいつも同じ夢だ。フィリピンの戦場での最後の晩、あの火炎の中をさまよっている。村中の小屋が火に包まれ、甲高い悲鳴が響く。目に見えない何かが足に当たり、それを打ち払おうとするが、手には何も当たらない。また打ち払おうとする、が、また当たらない。火勢はいや増し、エンジンのようなうり声をあげる。すると、そこにスミティがあらわれて、エディに向かって叫ぶ――「こっちだ！　こっちだ！」エディは声を出そうとするが、口を開くと喉からは甲高い悲鳴しか出てこない。何かに両足をつかまれ、泥土の中へと引きずり込まれる。

そして、目覚める。ぐっしょりと汗をかいて。あえぎながら。いつも同じだ。睡眠不足になるのもよくないが、もっとよくないのはこの夢が覆いかぶせていく闇だ。昼をも曇らせる灰色の薄幕。幸せな瞬間にさえ閉塞感《へいそくかん》を覚える――一面に張った氷にあけた穴の中にいるように。

そっと着替えて階段をおりる。タクシーは通りの角のいつものところに停めてある。エディはそのフロントガラスの曇りを拭き取る。この闇の話はマーガリートには絶対にしない。彼女は彼の髪をなでて「どうしたの？」と聞いてくる。彼は「なんでもない。ただ疲れてるだけだ」と言う。これでこの話題は終わり。せっかく自分を幸せにしてくれようという彼女に、どうしてこの深い悲しみを説明できる？　本当のところ、自分自身にも説明がつかないのに。分かっているのは、何かが割り込んできて、行く手をふさがれ、ついには何もかもあきらめたということだけだ――エンジニアになる勉強もあきらめた、旅をする夢もあきらめた、自分の人生にどっかり座り込んでしまった。そして、そのままそこに腰を据えた。

その晩、エディは仕事から戻ってタクシーをいつもの角に停める。ゆっくりと階段を上がる。アパートの部屋から音楽が漏れてくる。聞き慣れた歌が。

「あなたを愛してしまったの――
そんなつもりじゃなかったのに、
そんなつもりじゃなかったのに……」

ドアを開けるとテーブルの上にケーキとリボンを結んだ小さな白い袋がある。

「エディ？」マーガリートが寝室から叫ぶ。「あなたなの？」

エディはその白い袋を手に取る。タフィーだ。ピアの。

「ハッピーバースデー・トゥ・ユー……」マーガリートが優しく甘い声でうたいながら部屋に入ってくる。エディのお気に入りのピンクのドレスを着て、髪を整え、口紅をつけて、美しい。エディは、こんな瞬間は自分にはもったいないとでもいうように、息を吸おうとする。彼は内なる闇と闘う。「オレにかまわないでくれ」彼は闇に向かって言い放つ。「幸せなときには幸せな気持ちにさせてくれ」

マーガリートはうたい終えて彼の唇にキスをする。

「タフィーのつかみ合いしない？」彼女はささやく。彼も彼女にキスをする。誰かがドアをたたく。

「エディ？　いるかい？　エディ？」

ミスター・ネイザンソン。一階の店舗の奥に住んでいるパン屋。彼の家には電話がある。エディがドアを開けると、彼はバスローブ姿で戸口に立っている。心配そうな表情だ。

「エディ」彼は言う。「来てくれ、電話だ。親父さんに何かあったらしい」

「私がルビーなの」

にわかに合点がいった――どうしてこの女性に見覚えがあるような気がしたのか。作業場の奥に、初代オーナーのころからの古い取扱説明書や書類がしまってあったが、その中に一枚の写真がまじっていた。

「昔の入場門の……」エディは言った。

彼女は満足そうにうなずいた。ルビー・ピア創設時の入場門は、フランスの歴史ある寺院を模した設計で、縦溝のある円柱の上に丸屋根をあしらった巨大なアーチ状建造物となっており、ランドマーク的存在だった。来園者が必ずくぐり抜けるその丸天井に、美しい女性の顔が描かれていた。この女性だ。ルビー。

「でも、あれはもうずいぶん前になくなったんだ」エディは言った。「大きな――」

彼は言葉を止めた。

「火事でね」彼女は言った。「そう、とてつもなく大きな火事」彼女は顎をぐっと引き、膝にのせた本でも読むかのように、めがね越しに下を見た。

「独立記念日だったわ。七月四日。祝日。エミールは祝日が大好きだった。『稼ぎ時だから』って。もし独立記念日が順調にいけば、その夏はうまくいくって言って。それであの人、花火を用意したの。マーチングバンドまで連れてきて。その週末だけ臨時従業員まで雇って。ほとんどが波止場の人足たちだったけど。

でも、その祝日の前の晩に事件は起きた。あの日は暑くて、太陽が沈んでからも蒸してたから、人足たちの中には、宿舎の裏の屋外で寝ることにした人もいたみたい、金だらいで火を焚いて、食べるものを焼いたりして。

夜がふけていくにつれて、酔っ払って、騒がしくなっていって。それから、人足たちは小さな花火を取り出してきて火をつけたの。風があったから、火花が飛んで。あのころは何もかもが木造モルタルだったでしょ……」

彼女は首を振った。「そのあとはあっという間だったわ。火はメインストリートの屋台にまで広がって、動物の檻にまで。人足たちはさっさと逃げ出しちゃって、眠っていた私たちに知らせが届いたときには、もう、ルビー・ピアは炎に包まれていた。窓から恐ろしいオレンジ色の炎が見えたわ。蹄《ひづめ》の音や消防隊の蒸気エンジンの音が聞こえて、通りには人が集まってきていた。

エミールに行かないでって頼んだんだけど、頼むだけ無駄だった。そういうときに黙っていられるような人じゃなかったから。燃えさかる現場へ駆けつけるに決まってた。長年手塩にかけた自分の仕事を見殺しにできる人じゃなかったし、怒りと恐怖にかられたら我を忘れてなんでもする人だったから。入場門に、あの私の名前と顔が描かれた門に火がつくと、彼はもう自分がどこにいるのかも分からなくなっていて、水の入ったバケツを投げようとしたそのとき、あの人の上に円柱が崩れてきた」

彼女は指を組んでそれを唇に当てた。「ひと晩のうちに、私たちの生活は永遠に変わってしまった。投機家だったエミールの手に残ったのは、ピアにかけていた最小限の保険金だけ。彼は全財産を失い、私への豪華なプレゼントも終わってしまった。やけになってあの人、焼け焦げた土地を、ペンシルバニアの実業家に地価よりはるかに安い値段で売っちゃったの。やがてその人は、ルビー・ピアという名前はそのままに遊園地を再開したけど、もう私たちのものではなかった。

エミールはからだだけじゃなく、魂までずたずたになってしまったの。自分で歩けるようになるのに三年もかかったわ。私たちは町を出て、小さなアパートに引っ越して、残りの人生をそこで二人でつましく暮らした。私は傷ついた夫の世話をしながらも、ひとつだけ、彼には内緒でずっと後悔していたことがあるの」

彼女は話を止めた。

「後悔？」エディは言った。

「あんなもの、建てなければよかった」

彼女は黙って座っていた。エディは広大な翡翠色の空を見つめた。オレだって、何度同じことを考えたか。ルビー・ピアを建てたのが誰であろうと、もっとほかのことに金を使ってくれていたら。

「ご主人のことは、本当に、お気の毒です」エディはほかになんと言っていいか分からず、そう言った。

彼女はほほ笑んだ。「ありがとう、そう言ってくれて。でも、私たちは、主人も、私も、それで終わったわけじゃなかったのよ。子供を三人も育てたし。ただ、エミールは病気がちで入退院を繰り返して、結局私は五十代で未亡人になっちゃったけど。ねえ、この顔を見てちょうだい、このしわ」

彼女は顔を上げた。「このしわのひとつひとつが私の人生」

エディは顔をしかめた。「ひとつ分からないんだが。オレはあんたと会ったことがあるのかな？　その後ピアへ来たことは？」

「いいえ」彼女は言った。「二度とあのピアは見たくなかったから。でも、子供たちは行ったわ。その子供たちも。そのまた子供たちも。でも私は。私が望んだ天国は、あの海からできるだけ遠いところ、昔のせわしない食堂。そう、毎日が単純だったころの、エミールが私に言い寄ってきたころの、あのお店」

エディはこめかみをさすった。吐く息が白くなった。

「で、オレはどうしてここにいるんだ？……」彼は言った。「だって、これはあんたの物語だろ？　あの火事はオレの生まれる前の話だ」

「あなたが生まれる前にあったことでも、やっぱりあなたに関係してるから」彼女は言った。

「あなたが生まれる前に生きていた人たちも、やっぱりあなたに関係してるのよ。私たちが毎日通っている場所だって、先人たちがいなかったらそこにはなかったの。職場も、普段いるところも――そういう場所って、自分といっしょに始まったって思いがちだけど。そうじゃない」

彼女は指先を合わせた。「もしエミールがいなかったら、私には夫はなかった。もし私たちが結婚しなかったら、ピアはなかった。もしピアがなかったら、あなたは生涯あそこで働くことはなかった」

エディは頭をかいた。「じゃあ、あんたは仕事のことを話すためにここに?」

「いいえ」ルビーは声をやわらげて答えた。「私がここへ来たのは、あなたのお父さんがどうして亡くなったのかを話すためよ」

電話はエディの母からだった。その日の午後、〈ジュニア・ロケット・ライド〉付近の歩道の東側の端で父が倒れたという知らせだった。

「エディ、どうしましょう」母は声を震わせた。母の話によると、父はその週の初めのある晩、というより夜明けに、びしょ濡れで帰宅したことがあったそうだ。服は砂まみれで、靴は片方なくなっていた。潮の匂いがしたと母は言った。きっと酒の臭いもしたのだろうとエディは思った。「ずっと咳をしてたんだけど」母は説明した。「それがだんだんひどくなっていって。もっと早くお医者様を呼べばよかった……」言葉がよどんだ。父はその日も具合の悪いのを押して、仕事へ出たという。道具ベルトを締め、丸頭ハンマーを手に――いつもと同じように。ただ、前の晩は食事もとらず、ベッドに入ってからも咳き込んで、喘鳴《ぜんめい》を響かせ、汗で下着がびっしょり濡れるほどだったそうだ。翌日、症状は悪化していた。そして今日の午後、倒れた。

「お医者様は肺炎だって。私がいけなかったのよ。私がいけなかった……」

「だからって、母さんに何がしてやれたって言うんだよ」エディは、母が自分のせいだと思い込んでいることに腹が立った。親父が酔っ払っていたせいに決まってるのに。

電話の向こうで母は泣いていた。


父はかねがね、オレは長年海辺で潮風を吸って生きてきたと言っていた。それが今や、海から遠く離れた病院のベッドにしばりつけられて、陸揚げされた魚のようにしぼみ始めていた。合併症を引き起こした。胸に血がたまった。容態は良好から安定へ、安定から重体へと変わっていった。友人たちがかけてくれる言葉も、「明日には家に帰れるさ」から「一週間もしたら家に帰れるさ」へと変わった。父が留守の間、エディはピアの仕事を手伝った。タクシー運転手の仕事を終えたあとで、線路に油を差したり、ブレーキパッドを点検したり、レバーの具合を見たり、壊れた部品を作業場で修理したりした。

彼は父の仕事を守っているだけだった。経営者側はその仕事ぶりを認めて、父の給料の半分を支払ってくれた。彼はその稼ぎを母に渡した。母は毎日病院へ行き、たいていそのまま泊まった。エディとマーガリートは母のアパートを掃除し、母の食料を買い置いた。

十代のころ、エディが文句を言ったりピアにうんざりした様子を見せたりしたとき、父は「なんだと？　ピアじゃ不足だって言うのか？」と叱った。その後、卒業したらピアで働かないかと父から誘われたとき、エディは噴き出しそうになった。父はまた「なんだと？　ピアじゃ不足だって言うのか？」と言った。出征前、マーガリートと結婚してエンジニアになるつもりだと言ったとき、またしても父は「なんだと？　ピアじゃ不足だって言うのか？」と言った。

それなのに、ここにきて、彼はピアで父の仕事をしている。

ある晩、母がどうしてもと言うので、エディはついに病院を訪れた。そろりと病室へ入った。何年もエディとの会話を拒んでいた父は、今や拒む力も失っていた。父は重いまぶたを開けて息子を見つめた。エディはかける言葉を探しあぐねて、自分にできるたったひとつのことをした――両手を差し出し、油で汚れたその指先を父に見せた。

メンテナンス仲間たちは言ってくれた――「心配いらねぇよ。あんたの親父はくたばりゃしないって。大将みたいにタフな男は見たことねえもんな」

親が子を手放すことはめったにない、だから、子供のほうから親を突き放す。子供は前へ進んでいく。どんどん離れていく。かつて自分を定義してくれた瞬間――母が賛成し、父がうなずいてくれた瞬間――は、自分で事を成し遂げた瞬間の陰へと埋もれていく。子供には、ずっとあとになって自分の皮膚がたるんで心臓が弱る年になるまで分からない――自分の物語も自分の成し遂げたことも、何もかも、人生の波の下で石の上に石が積み重なっていくように、父母の物語の上に積み重なっているのだということが。

父が死んだという知らせ（看護婦は彼に、「今、逝かれました」と、まるで父が牛乳でも取りに外へ出ていったかのような口ぶりで伝えた）を聞いたとき、エディは檻の中をグルグル回っているだけのような、この上もなく空虚な怒りを感じた。労働者の息子ならたいてい誰でもそうするように、エディも、父にはきっとその平凡な人生を覆《くつがえ》すべく、英雄的な死が訪れるものと思っていた。だが、酩酊《めいてい》状態で海岸をさまよったあげくの死のどこに英雄的要素がある？

次の日、彼は両親のアパートへ行き、両親の寝室へ入ると、父の片鱗《へんりん》が見つかるとでも思ったのか、引き出しをひとつ残らず開けて、中身を次々と手に取った。コイン、タイピン、アップルブランデーの小瓶、ゴムバンド、電気料金請求書、ペン、人魚の模様のついたライター。そして、ようやく見つかった——ひと組のトランプ。彼はそれをポケットにしまった。

葬儀はささやかで短かった。その後一週間、母は呆然として過ごした。夫がまだそこにいるかのように話しかけた。ラジオの音を下げてちょうだいと夫に呼びかけた。たっぷり二人分ある食事を用意した。ベッドの枕を二つともふくらませた。ここのところずっと片方しか使ってなかったのに。

ある晩、エディは、母がカウンターに皿を積み重ねるのを見て、言った。

「オレがしまうよ」

「いいの、いいの」母は答えた。「あとでお父さんにやってもらうから」

エディは母の肩に手を置いた。

「母さん」彼は優しく言った。「親父は逝っちゃったよ」

「行っちゃったって、どこへ?」

次の日、エディはタクシーの配車係のもとへ行き、仕事をやめると伝えた。二週間後にマーガリートと二人で、自分の育ったビーチウッド・アヴェニューのアパート(6B号室)へ引っ越した。廊下は狭くて、キッチンの窓からは回転木馬が見える。そこにいて母の面倒をみながらできる仕事――夏がめぐってくるたびにうんざりさせられた仕事――を引き受けた。ルビー・ピアのメンテナンス。彼は誰にも――妻にも、母にも、ほかの誰にも――言わなかったが、父を呪った。よくも死にやがって。必死で逃げてきた生活にオレをしばりつけやがって。なんだ、どうやら不足どころかおまえにぴったりじゃないか、その生活――墓の中からそう言って笑う父の声が聞こえた。

今日はエディの誕生日

三十七歳。朝食が冷めていく。

「塩ないか?」エディはノエルに聞く。

ノエルは口いっぱいにソーセージをほおばって、ボックス席から滑り出ると、隣のテーブルにからだを伸ばして塩入れをつかむ。

「ほい」彼はもごもごと言う。「ハッピーバースデー」

エディは乱暴に塩を振る。「テーブルに塩を置いとくぐらい、大した労力もいらんだろうにな」

「なんだい、えらそうに、支配人じゃあるまいし」ノエルが言う。

エディは肩をすくめる。朝っぱらから気温も湿度も高い。これは二人の習慣になっている――週に一度、土曜の朝、遊園地がバカ混みする前にいっしょにとる朝食。ノエルはドライクリーニングの仕事をしている。ルビー・ピアのメンテナンス係の制服を請け負えるよう、エディが昔、口をきいてやった。

「どう思う、このハンサムボーイ?」ノエルが言う。彼は『ライフ』誌に掲載されている若き立候補者の写真のページを開いた。「こんなんで、大統領になれるのかね? まだ子供じゃねえか!」

エディは肩をすくめる。「オレたちと同い年くらいだろう」

「うそだろ?」ノエルが言う。彼は眉を片方吊り上げる。「大統領になるにはもっと年くってなきゃいけないのかと思った」

「オレたちはもう年くってんだよ」エディがもごもごと言う。

ノエルは雑誌を閉じる。声を落とす。

「なあ、ブライトンの事故の話、聞いたか？」

エディはうなずく。彼はコーヒーを飲む。すでに聞いていた。遊園地。ゴンドラ。何かが切れた。母親と男の子が六十フィート（約十八メートル）落下して、死んだ。

「あっちに知り合い、いるかい？」ノエルが聞く。

エディは歯の裏に舌を打ちつけた。ときどきこういう話――どこかの遊園地での事故の話――を聞いては、エディは蜂が耳もとを掠《かす》め飛んでいったかのように身震いする。ここ、ルビー・ピアの、自分の監視下でも、そういうことが起こりうると思わずに過ごす日は一日だってない。

「いいや」彼は言う。「ブライトンには知り合いはいねぇな」

彼は窓の外を見つめる。海岸へ向かう一群が駅から出てくる。タオルに、日傘に、紙に包んだサンドイッチを入れたバスケットを持って。最新グッズ――軽量アルミ製の折りたたみ椅子――を持っている人もいる。

パナマ帽をかぶった老人が葉巻をくわえて通っていく。

「見ろ、あいつ」エディは言う。「きっと歩道に落とすぞ」

「へえ？」ノエルが言う。「それで？」

「吸い殻が板の隙間に入り込んで、燃えだす。臭いで分かる。木材に化学塗料が塗ってあるからな。すぐ煙が出てくる。昨日なんか、まだ四歳かそこらの子供が吸い殻を拾って口に入れようとしてたんだ」

ノエルは顔をしかめる。「それで？」

エディは横を向く。「別に。もっと気をつけてもらいたいって、それだけさ」

ノエルはフォークにソーセージを刺して、口に運ぶ。「おいおい、話がおもしろすぎるぞ。なんだい、誕生日だっていうのに」

エディは答えない。例の暗い闇が隣にどっかり座り込んでいる。もう慣れっこだ。混雑したバスの中で席を詰めるような感覚で、そいつのために場所をあけてやる。

彼は今日一日のメンテナンスの仕事内容を考える。〈ファン・ハウス〉の割れた鏡。バンパーカーに新しいフェンダーを。ニカワ、思い出したぞ、ニカワを注文しなければ。それからブライトンの災難を考える。あそこのメンテナンスは誰がやってたのだろう。

「今日は何時に終わる？」ノエルが聞く。

エディはふぅと息を吐く。「今日は忙しくなる。夏だし。土曜だからな」

ノエルは眉を吊り上げてみせる。「六時には行けるよな」

エディはマーガリートのことを考える。ノエルに競馬に誘われると決まって、マーガリートのことが頭に浮かぶ。

「いいじゃないか、誕生日くらい」ノエルが言う。

エディはフォークを卵に突き刺す。もうすっかり冷めているから、どうってことはない。

「ああ、そうだな」彼は言う。

第三の教え

「ピアはそんなにひどいところだった?」年老いた女性は尋ねた。

「自分で選んだわけじゃなかった」エディはため息をついた。「おふくろには助けが必要だった。次から次へと問題が出てきて。何年もたって。出ていけなかった。ほかの場所には住んだこともない。大金を稼いだこともない。分かるだろう——慣れっこになって、周りから当てにされて。で、ある日、目が覚めると、火曜だか木曜だかも分からなくなっている。変わりばえしない退屈な仕事をこなし、『乗り物のおじさん』って呼ばれて。まるで同じじゃないか——」

「——お父さんと?」

エディは何も言わなかった。

「お父さんはあなたにつらく当たった」彼女は言った。

エディは目を伏せた。「ああ。だから?」

「たぶん、あなたもお父さんにそうだったんじゃないかしら」

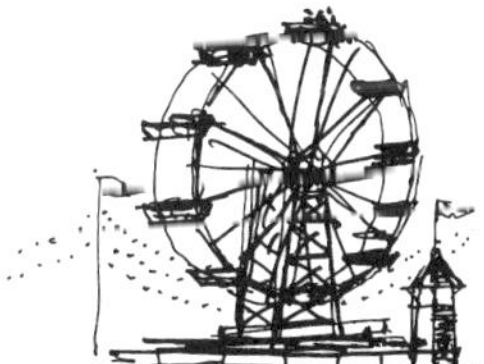

「そんなことない。親父が最後にオレに口をきこうとしたときのこと、知ってるか?」

「最後にあなたをなぐろうとしたときのことね」

エディは彼女にキッと視線を投げた。

「じゃあ、親父がなんて言ったかも知ってるだろう?『働け』だ。大した親父だよ」

彼女は唇をすぼめた。「その後、あなたは働き始めた。気持ちを持ち直して」

ムラムラと怒りが込み上げた。「いいか」彼はきつい口調で言った。「あんたは親父を知らないんだ」

「たしかにそうね」彼女は立ち上がった。「でも、私はあなたの知らないことを知っているわ。そろそろ教えてあげましょうか」


彼女はパラソルの先端を下に向けると、雪の上に円を描いた。エディはその円の中をのぞいた。目玉が眼窩《がんか》からこぼれ落ちて勝手に穴の中へと、別の次元へと入っていくような気がした。あたりの景色がはっきりしてきた。何年も前の昔のアパートの中。前からも後ろからも、上からも下からも見ることができる。

エディが目にしたのは、こういうことだ——

母が心配そうな面持ちでキッチンのテーブルに座っている。その向かいにミッキー・シェイが座っている。ミッキーは恐ろしい形相をしている。ずぶ濡れのまま、頭から鼻にかけて両手でこすっている。むせび泣きし始めた。母は水をコップに一杯差し出してやってから、ちょっと待っててねという仕草をして、寝室へ入り、ドアを閉めた。そこで靴と部屋着を脱ぎ、ブラウスとスカートを取ろうと手を伸ばした。

エディにはアパートの全貌は見えたが、そこにいる二人の会話はかすれた雑音程度にしか聞こえず、何を話しているのかは分からなかった。キッチンのミッキーは、コップの水には目もくれず自分の上着からウィスキーのポケット瓶を取り出すと、ぐびりと飲み込んだ。そして、おもむろに立ち上がり、ふらふらと寝室へ向かっていって、ドアを開けた。

着替え中の母は驚いて振り向いた。ミッキーは震えている。母はバスローブをからだに巻きつけた。ミッキーが近づいた。母はミッキーから身を守ろうと、とっさに片手を突き出した。ミッキーはほんの一瞬、動きを止めたが、次の瞬間にはその手をつかんで、ぐいと引き寄せ、母を壁に押しつけ、のしかかり、腰に手を回した。母はもがき、叫び、バスローブを握り締めたままミッキーの胸倉を押しのけた。彼は母より大きく、強い。母の頬にひげ面《づら》を押しつけ、うなじに涙をこすりつけた。

そのとき、玄関のドアが開き、雨に濡れた父が道具ベルトにハンマーを下げた姿で入ってきた。彼は寝室へ駆け込むと、ミッキーが母につかみかかっているのを目にした。父は怒声をあげ、ハンマーを振り上げた。ミッキーは両手で頭をかばいながら、父を跳ねのけるようにしてドアに突進した。母は胸を上下させ、涙を流して泣いていた。夫は妻の両肩を乱暴につかみ、激しく揺すった。バスローブが落ちた。二人で大声で怒鳴り合った。それから父はアパートを出ると、手にしたハンマーで通りすがりの門灯をたたき割り、石段を荒々しく駆けおりて、雨の闇へと走り出ていった。

「なんだ、今のは?」エディは信じられない思いに、声を上ずらせた。「なんなんだ、いったい!」

ルビーは口をつぐんでいた。雪に描いた円の脇へ退くと、もうひとつ円を描いた。エディは下を見まいとした。しかし、見ずにはいられなかった。彼は再び落ちていき、全身目になって目の前の光景に見入った。

今度はこういう場面だった――

ルビー・ピアの突端――みんなから「ノース・ポイント」と呼ばれている海に突き出た細長い埠頭――は暴風雨に包まれていた。青黒い空。しのつく雨。ミッキー・シェイが埠頭の先端に向かって、つまずきながら走ってきた。そして、地べたに倒れ込み、腹を上下させている。しばらくそのまま暗い空に顔を向けていたが、ごろりと横ざまになったかと思うと、木製の手すりの下を抜けてそのまま海に落ちた。

しばらくして、父がやってきた。手にはまだハンマーを握り、這いずり回るように行ったり来たりしている。彼は手すりをつかんで海原を目で探った。風が吹き、雨が横なぐりに降りつける。

服はぐっしょりと濡れ、皮製の道具ベルトは水を吸って黒ずんでいる。波間に何か見えた。彼は動きを止め、ベルトをはずし、靴を片方脱ぎ捨てた。もう片方も脱ごうとするが脱げずにそのまま手すりをかいくぐり、飛び込んだ。うねり狂った海に、よどんだしぶきが上がる。

ミッキーは執拗なうねりに浮き沈みしながら、半ば朦朧《もうろう》となって、口から黄色いあぶくを吐いている。父は、風に向かって叫びながら、ミッキーのところまで泳いでいく。ミッキーをつかむ。ミッキーがなぐりかかる。父もなぐり返す。雨粒が二人を打ち、空には雷鳴がとどろく。二人はつかみ合って、互いに腕を振り上げる。

ミッキーが激しく咳き込むと、父は彼の腕を取って、自分の肩にかけた。父は一度水中に沈んだが、すぐに浮上し、精一杯の力でミッキーのからだを支え、陸へ向かった。水を蹴った。二人は前進した。波が二人を押し戻した。また進んだ。波が重くたたきつけてくるが、父はミッキーのわきの下にしっかりと自分のからだをはさみ込んだまま、両足で水を蹴り、視界を確保しようと激しい瞬きを繰り返した。

二人はうまく波に乗り、一気に岸近くへと打ち寄せられた。ミッキーはうめき、あえいだ。父は海水を吐き出した。永遠に続くように思われた——雨が海面で跳ね返り、男たちの顔面に白いしぶきをたたきつける。二人はうなり、腕をばたつかせる。ついに、巻き上がったひと波に運ばれて、二人は砂浜に打ち上げられた。父はミッキーの下から転がり出ると、ミッキーの両わきに手を差し入れて、彼を波にさらわれないところまで引きずっていった。波が引くと、父は最後の力を振り絞ってさらにミッキーのからだを引き上げ、それから浜辺にどっと倒れ込んだ。開けた口は、濡れた砂にまみれていた。

エディは自分のからだを見た。まるで自分が海の中にいたかのように疲弊していた。頭が重かった。父のことで自分では分かっていると思っていたことが、そうは言いきれなくなってきた。

「何してたんだ、親父は？」エディは小声で言った。

「お友だちを助けたのよ」ルビーは言った。

エディは彼女をにらみつけた。「お友だち？　オレなら、あんなことしやがった飲んだくれは、そのまま溺《おぼ》れさせておくね」

「お父さんもそう思ったのよ」彼女は言った。「やっつけるつもりで、もしかしたら殺すつもりでミッキーを追いかけた。でも、結局、できなかった。ミッキーのことをよく知っていたから。彼の欠点も。酔ってるってことも。判断力が鈍《にぶ》っているってことも。

それにね、何年も前に、職探しをしていたお父さんをピアの経営者に引き合わせてくれて、保証人になってくれたのはミッキーだったの。あなたが生まれて、家族の食い扶持《ぶち》をまかないきれなくなったときに、なけなしのお金を貸してくれたのもミッキーだった。お父さんは古くからの友情を何より大切に――」

「待ってくれ」エディは激しい口調で言った。「あんチクショウがおふくろにしたことを見たろう？」

「ええ」ルビーは悲しそうに言った。「あれはいけないことよね。でも、物事にはうわべだけでは分からないこともあるのよ。

ミッキーはあの日の午後、仕事をクビになったの。飲みすぎて、起きられなくて、また仕事に出られなくて。それで雇い主から、もう我慢ならないって言われて。ミッキーは何か悪いことが起きると決まってお酒に逃げたけど、あのときもそうだった。だから、あなたのお母さんのところへ行ったときには、ウィスキーのせいでもう何がなんだか分からなくなっていたのよ。彼は助けを求めてた。仕事を取り戻したかった。あの日、お父さんは遅くまで働いていたから、お母さんはミッキーをお父さんのところへ連れていこうとした。

ミッキーは粗野な人間だったけど、決して悪人ではなかった。あのときの彼はよりどころを失って、途方に暮れていたの。だからあれは、孤独と絶望がさせたこと。衝動的にしてしまったことなの。もちろんよくない衝動だけど。で、お父さんの行動も衝動的だった。最初の衝動は殺意だったけれど、最後には人の命を助けたいという衝動に変わった」

彼女はパラソルの柄の上で指を組んだ。

「もう分かったでしょうけど、お父さんが病気になったのは、こういうことだったの。家にたどりつくだけの力がわくまで、何時間も、濡れたままで疲れきって、浜辺に横たわっていたから。もう若くはなかったし。あのころはもう五十を越えていたでしょ」

「五十六だった」エディはぼんやりと言った。

「五十六」彼女は繰り返した。「すでに体力が衰えていたのに、さらに海に力を削《そ》がれて、肺炎になってしまった。それじゃ亡くなるのも無理ないわね」

「それじゃって、ミッキーのせいだろ?」エディは言った。

「誠意のせいよ」彼女は言った。

「誠意のせいで死ぬやつなんかいない」

「そうかしら?」彼女はほほ笑んだ。「宗教は? 政治は? そういうものに誠意を尽くして死ぬこともあるんじゃない?」

エディは肩をすくめた。

「でも、ずっといいわ」彼女は言った。「人に誠意を尽くすほうが」


その後二人は長い時間、雪の積もった山間にいた。少なくともエディには長い時間に思われた。彼にはもはや時間の観念がなくなっていた。

「ミッキー・シェイはどうなったんだろう?」エディは言った。

「死んだわ、ひとり寂しく。あのあと何年かして」彼女は言った。「墓場まで飲み続けて。あのことで、どうしても自分が許せなかったのね」

「でも親父は」エディは額をこすって言った。「何も言わなかった」

「お父さんはあの夜のことは誰にも話さなかった。お母さんにも。恥ずかしかったから。彼女のことも、ミッキーのことも、自分自身のことも。入院してからは、まるで口を開かなかった。沈黙の中に逃げ込んだのね。でも、沈黙がかくまってくれることなんて、まずないわ。結局、いろいろな思いが頭にこびりついて離れなかった。

ある晩、お父さんは呼吸が遅くなって、目を閉じたきり目覚めなくなった。お医者様が言うには、昏睡《こんすい》状態に入ったって」

エディはその晩のことを覚えていた。ミスター・ネイザンソンのところにまた電話がかかってきた。そしてまた、アパートのドアがノックされた。

「それから、お母さんはつきっきりだった。昼も夜も。祈るように、ひとりでこっそりと嘆いていたの。『私がいけなかったのよ、私がいけなかった……』って。

お医者様からさんざん言われて、ようやくある晩お母さんは家に帰って休息を取ることにした。そしてその次の朝早く、お父さんは窓から上半身を乗り出してぐったりしているところを看護婦さんに発見された」

「待ってくれ」エディは言った。目を細めた。「窓からって?」

ルビーはうなずいた。「夜中に、お父さんは目を覚ましたのよ。ベッドから起き上がって窓辺までふらふらと歩いていって。まだ窓を押し上げる力が残っていたのね。それからあらん限りの力を振り絞って、かすかな声で、あなたのお母さんの名前を呼んだ。あなたの名前も、お兄さんのジョーの名前も。それからミッキーの名前も。まるで心の中から、罪の意識と後悔の念とをすっかり吐き出そうとしているかのように。もしかしたら、死の光明が近づいているって分かったのかもしれない。あるいは、もしかしたら、あなたたちみんなが外に、窓のすぐ下にいると思っただけなのかもしれない。そうして彼は窓から身を乗り出したの。凍《い》てつくような夜気にさらされて。あの状態であの日の風と湿気にはとても耐えられなかったわ。夜明けを待たずに、お父さんは亡くなった。

発見した看護婦たちは、彼をベッドまで引きずり戻したの。職務怠慢をとがめられるのを恐れて、誰も、ひとことも、漏らさなかった。で、お父さんは寝ている間に死んだということになったの」

エディはたじろいで息をのんだ。その最後の姿を想像した。父が、あの軍馬のごとくタフな男が、窓から這い出そうとしていた。どこへ行く気だったんだ？ 何を考えてたんだ？ 説明のないまま残されたら、どっちのほうがつらいか——生きてるほうか、死んだほうか。

「どうしてそんなことを知ってるんだ？」エディはルビーに尋ねた。

彼女はため息をついた。「お父さんは病院の個室に入るほどお金に余裕はなかったでしょ。カーテンを隔てた隣のベッドにいた男もそうだったの」

彼女はひと息ついた。

「エミール——私の夫も」

エディは目を上げた。なぞが解けたと言わんばかりに、頭をのけぞらせた。

「じゃあ、親父に会ったんだ」

「ええ」

「おふくろにも」

「お母さんが夜ごとひとりで嘆いているのも聞いたわ。言葉を交わしたことはなかったけれど。お父さんが亡くなったあと、ご家族のことを人から聞いて。亡くなったご主人の働いていた場所を知ったときには、自分の愛する人を亡くしたような気になって胸が痛んだわ。私の名前のついたあのピア。呪われた影が差しているみたいで、あんなもの建てなければよかったって、また思った。

その思いは私といっしょに天国までのぼってきて、こうしてあなたを待っていたの」

エディは戸惑い顔でいた。

「なあに? あの食堂のこと?」彼女はそう言うと、山々に抱かれた一点の明かりを指差した。「あそこを選んだのは、若かったころに戻りたかったから。単調だけど、安全な生活に。それに、ルビー・ピアで苦しい思いをした人たちみんなに——事故にあったり、火事にあったり、喧嘩をしたり、転んだり、落ちたりした人たちみんなに——なんの心配もなく安らかになってもらいたかったから。そういう人たちみんなに、エミールにもそうだったように、海から離れた場所で、温かい庇護《ひご》のもと、凍えることなく、飢えることなく過ごしてほしいと思ったから」

ルビーは立った。エディも立ち上がった。それでもまだ父の死が頭から離れなかった。

「親父が憎かった」彼は小声でつぶやいた。

彼女はうなずいた。

「ガキのころ、親父は本当にオレにつらく当たったんだ。大人になってからは、もっとひどかった」

ルビーはエディのほうへ一歩歩み寄った。「エドワード」彼女は優しく言った。この人に名前を呼ばれたのは初めてだった。「これだけは覚えていて。憎しみは毒よ。あなたを内側から蝕《むしば》んでいくわ。憎しみこそ、自分を傷つけた人に対する格好の武器だって思ってる人が多いけど、憎しみの刃《やいば》は湾曲しているの。人を傷つけようとすると、自分を傷つけることになる。

許すのよ、エドワード。許してあげて。天国に着いたとき、からだが軽く感じたでしょ?」

たしかにそうだった。**痛みはどこへ消えた?**

「それはね、生まれたときから憎しみを持っている人はいないからよ。死ぬと憎しみから解放される。でも、今、ここから前に進むには、なぜ憎んでいたのか、そして、なぜもう憎む必要がないのかを理解しなくちゃならないの」

彼女は彼の手に触れた。

「お父さんを許さなくてはいけないわ」

エディは父の葬儀のあとの年月を思った。自分は何もなしえなかった、どこへも行けなかった。これまで、ただひたすらひとつの生活——できたはずの生活——だけを、もし親父が死ななければ、そして、おふくろが親父の死にがっくりこなければ自分のものになっていたはずの生活だけを夢見てきた。何年もの間、空想上の生活を美化し、失ったものすべてを父のせいにしてきた。自由も、仕事も、希望も失った。父の残した汚くて疲れる仕事を越えることができなかった。

「親父は死んだときに、オレの一部も持っていっちまったんだ。あのあと、オレは身動きが取れなくなった」

ルビーは首を振った。「あなたがピアを離れずにいたのは、お父さんのせいじゃないわ」

エディは顔を上げた。「じゃあ、なんでだ?」

彼女はスカートを払い、めがねをかけ直した。そして、歩きだした。「あなたにはまだ会わなくちゃならない人が二人いるでしょ」彼女は言った。

エディは「待ってくれ」と言おうとしたが、喉から出かかった声を一陣の冷たい風が切り取ってしまった。そして、何もかも、真っ暗になった。

ルビーは行ってしまった。エディはまた山の上の食堂の前で雪の中に立っていた。

長い時間、静寂の中でひとりぽつねんとしていたが、やっと、彼女はもう戻ってこないと悟った。彼はドアに向き直り、ゆっくりとノブを引いた。銀食器や皿類を重ねる音が聞こえた。できたての料理の香り――パンや、肉や、ソースの香り――がした。そこにはピアで命を落とした人たちの魂が集《つど》い、食べたり、飲んだり、おしゃべりに打ち興じたりしていた。

エディは足を引きずりながら歩いていったが、今度こそ自分のなすべきことが分かっていた。右側の角のボックス席で葉巻をふかしている父の亡霊のほうを向いた。背筋がぞっとした。父が病院の窓から身を乗り出すようにして、夜中にひとりで死んでいったことを思った。

「父さん?」エディはささやいた。

父には聞こえなかった。エディは近づいた。「何があったのか聞いたよ」

胸が詰まり、ボックス席の脇にがっくりと膝をついた。ひげの一本一本や葉巻のほつれた先端までが見えるほど、父は近くにいた。そして、父のくたびれた目の下のたるみや、曲がった鼻や、いかにも肉体労働者らしい節くれだった指や、いかった肩を見た。エディは自分の腕に目を移して気づいた――死んだころのからだになっている。父の年を越えていた。彼はあらゆる点で、父を越えていた。

「ずっと怒ってたんだ。父さんを憎んでた」

涙があふれてきた。胸が震えた。何かが自分の中からどっとあふれ出してきた。

「オレをなぐったよな。全然取り合ってくれなかったよな。オレには理解できなかった。今だって分からない。なんで、あんなだったんだよ? なんで?」彼は苦しそうに長々と息を吸った。

「知らなかったんだ、父さんの人生に、何があったのか。父さんのこと、何も知らなかった。それでもやっぱり、父さんはオレの父親だ。だからもう、終わりにしよう、な、いいだろう？　いいよな、もう終わりにしても？」

声が震え、甲高い泣き声になり、もはや自分の声ではなくなった。「いいかい？　聞こえてるのか？」彼は叫んだ。それから声をやわらげて言った。「聞こえてるか、父さん？」

彼はさらに身を寄せた。父の汚れた手が見えた。彼はこれ以上ないほど懐かしいひとことを小声でつぶやいた。

「直ったよ」

エディはテーブルをドンとたたき、そのまま床にぺたんと座り込んだ。顔を上げると、向こうにルビーが立っていた。若く、美しい姿で。彼女は軽く会釈してドアを開けると、翡翠色の空へ舞い上がっていった。

木曜日　午後十一時

エディの葬式代は誰が払うのか？　彼には親戚もない。遺言もない。遺体はまだ町の死体安置所にある。彼の服も、持ち物も、メンテナンス係のシャツも、靴も、靴下も、布の帽子も、結婚指輪も、タバコも、パイプクリーナーも、何もかも、死体安置所で引き取られるのを待っている。

結局、遊園地のオーナーのミスター・バロックが、支払いそこなったエディの給料で費用をまかなった。棺は木製だった。教会は立地条件で——ピアに一番近い教会が——選ばれた。参列者のほとんどが、すぐに仕事に戻らなければならないから。

葬儀の始まる数分前に、牧師はドミンゲス——青いスポーツジャケットをはおり、彼にしては上等な黒のジーンズをはいている——を事務所へ招き入れた。

「故人のお人柄で、何か特別なことがあったら教えていただけませんか?」牧師は言った。「たしか、ごいっしょに働いてらしたんですよね?」

ドミンゲスは息をのんだ。聖職者の前で気軽に振る舞えるたちではなかった。彼は、いかにも答えを吟味しているかのように、一心に指と指をからませていたが、やがて、こういう状況ではこうするものなんだと自分で思い込んでいる柔らかい口調で言った。

「エディは」彼は口を開いた。「心から奥さんを愛していました」

ドミンゲスは指をほどいてすばやく付け足した。「もちろん、オレは奥さんには会ったことないけど」

天国で会う四人目

まばたきして目を開けると、小さな円形の部屋にいた。山も翡翠色の空も消えていた。エディの頭上すれすれのところに漆喰《しっくい》の低い天井がある。この部屋は茶色くて、荷造り用の包装紙みたいに味気なく、目につくものといったら、木製のスツールと壁にかけられた楕円形《だえんけい》の鏡だけだった。

エディは鏡の前まで歩いていった。自分の姿は映らなかった。ただ、部屋が左右逆に映っているだけだったが、突然、鏡の中の像が広がって、一列に並んだドアがあらわれた。

エディは振り返った。

それから、咳払いをした。

他人の咳のように響いて、自分で驚いた。

もう一度、胸のつかえを解きほぐすかのように強く咳をすると、痰《たん》のからんだような音がした。

いつからこうなったんだ？　エディは考えた。肌に触れると、ルビーと別れてからまた一段と

年をとっていた。しぼんで、かさかさしている。大尉と会ったときにはピンと張ったゴムのように引き締まっていた腹は、老いのせいでたるみ、ぶよぶよしていた。

「まだ、会う人が二人いる」とルビーは言っていた。会ってどうなる？　腰に鈍痛《どんつう》があった。悪いほうの足はますますこわばっていく。ここまでくれば、さすがにエディにも事態がのみ込めてきた。天国に来てからは、新しい段階に移るたびに——老いさらばえて、朽ちていく。


彼はドアのひとつに近づいて、押し開けた。突如として、彼は戸外に、見知らぬ家の中庭にいた。しかもどことも知れぬ国の、結婚披露宴らしき会場の真っただ中にいた。銀の皿を手にした客たちが青々と茂った芝を埋めていた。会場の隅に、赤い花と樺《かば》の枝に覆われたアーチがあり、その反対側の隅の、エディが立っている横には、彼が今通り抜けてきたドアがあった。若く美しい花嫁がみんなの中心にいて、バター色の髪からピンを抜き取った。花婿はひょろりとした男で、黒の婚礼用スーツを着ている。彼が剣を高くささげ持つと、鍔《つば》のところで指輪が光っていた。彼が花嫁に向かって剣先を下げ、スーッと落ちてきた指輪を彼女が受け取ると、客がワッと歓声をあげた。声は聞こえたが、外国の言葉だった。ドイツ語？　スウェーデン語？

エディはまた咳をした。人々が顔を上げた。どの顔もほほ笑んでいるようだったが、その笑みにエディはひるんだ。彼はあわててさっきのドアから外へ出た。またもとの円形の部屋へ戻るつもりだった。ところが、またしても結婚披露宴の真っただ中に出た。今度は屋内の大ホールで、スペイン人らしき人々がいて、花嫁は髪にオレンジ色の花をつけていた。彼女は次々とパートナーを替えて踊り、そのたびに相手からコインの詰まった小袋を受け取っていく。

エディはこらえきれずにまた咳をした。客の何人かが顔を上げ、彼はまたしても入ってきたドアから外へ出て、またしてもちがう結婚披露宴会場へと入った。アフリカのどこかのようで、親族たちがワインを地面に注ぎ、新郎新婦が手をつないで箒《ほうき》を飛び越えた。またドアを通り抜けると、中国の披露宴で、歓声をあげる列席者たちの前でバクチクが火花を噴いた。またドアを抜けると、また別の——フランスの？——結婚披露宴で、新郎新婦が取っ手の二つついているひとつのカップでいっしょに祝杯をあげた。

いつまで続くんだ？　エディは思った。

どの披露宴も、客たちがどうやってそこへ来たのかを示すものは何もなかった。車も、バスも、馬車も、馬もなかった。帰るときのことなどどうでもいいようで、客たちはただうろうろと歩き回っているだけだった。エディも客のひとりとして溶け込み、みんなからほほ笑みかけられはしたが、声をかけられることはなかった——生前出席した数えるほどの披露宴でそうだったように。彼にはそのほうがよかった。披露宴なんて、エディにとっては戸惑うことだらけだったから。夫婦で踊りに参加しなければならなかったり、椅子に腰かけている花嫁を男たちで担ぎ上げたり。そういうときには悪い脚が光を放って、向こうの端にいる人たちからも注目を浴びているような気がした。

だからエディは披露宴はたいてい辞退したし、出席したとしても、駐車場でタバコを吸って時間をつぶすことが多かった。といっても、ずいぶん長い間、出席しなくてはならない披露宴はなかったのだが。晩年になってからは、ピアで働く十代の若者が成人して伴侶を得たときに、色あせたスーツをクローゼットから引っ張り出し、カラーシャツに袖を通して、太くなった首の肉を締めつけることもしばしばあった。このころには、その昔砕かれた足の骨が悪化していたし、膝はリュウマチにやられていたので、まっすぐ歩くこともままならなかった。だからそれを口実にダンスやキャンドル点灯などの全員参加型の余興は遠慮した。みんなからは、孤独で取っつきにくい「じいさん」だと思われていたから、期待されることといっても、せいぜいカメラマンがテーブルに回ってきたときにレンズにほほ笑むことくらいのものだった。

メンテナンス用の作業着のまま、今、ここで、彼は結婚式から結婚式へ、披露宴から披露宴へと移動した。ちがう国の言葉へ、ちがうケーキへ、ちがう音楽へ。どこも似たようなものだったが、それには別に驚きもしなかった。結婚式なんて、あっちもこっちも変わりないものだと思っていたから。ただ、これが自分になんの関係があるのかが、エディには分からなかった。

彼はもう一度、ドアを押し開けて中へ入った。イタリアの村のようだった。丘の上にブドウ園と石灰岩造りの農家が見える。男たちの多くは濃くてつややかな黒髪をオールバックになでつけ、女たちは黒い瞳《ひとみ》で目鼻立ちのはっきりした顔をしていた。エディは壁際に陣取って、新郎新婦が両端に柄のついた縦挽《たてび》きノコギリで丸太を挽くのを眺めていた。フルートとヴァイオリンとギターによる演奏に合わせて、客たちはタランテラを激しくリズミカルに旋回しながら踊りだした。エディは数歩あとずさりした。人波の途切れるところまで視線を泳がせた。ラベンダー色のロングドレスを着て、ステッチを施した麦藁《むぎわら》帽子をかぶった花嫁介添人が、アーモンド・キャンディーの入った籠《かご》を下げて、客の間を歩いていた。遠くから見る限り、二十代のように見える。

「ペル・ラマーロ・エ・イル・ドルチェ？」彼女はお菓子を差し出した。「ペル・ラマーロ・エ・イル・ドルチェ？……ペル・ラマーロ・エ・イル・ドルチェ？……」

その声に、エディは全身を震わせた。汗が出てきた。何かが彼に走れと命じたが、別の何かが彼の足を地面に釘づけにした。彼女は彼のほうへやってきた。造花をあしらった帽子の縁越しに、彼女は彼を見た。

「ペル・ラマーロ・エ・イル・ドルチェ？」彼女はそう言うと、ほほ笑んでアーモンドを差し出した。「ビターでもスウィートでも……」

彼女の黒髪が片方の目に落ちかかったときには、心臓が爆発するかと思った。一瞬、唇がはりつき、喉の奥に声が詰まったが、なんとか最初の一音を発したとたん、彼をこういう気分にさせる唯一の名前が口から出てきた。がっくりと膝をつき、ささやき声で――

「マーガリート」

「ビターでもスウィートでも……」彼女は言った。

今日はエディの誕生日

エディは兄と作業場に座っている。

「これだよ」ジョーが一本のドリルを掲げて誇らしげに言う。「これが最新モデルだ」

ジョーはチェックのスポーツジャケットを着て、白と黒のツートーンのサドルシューズをはいている。エディの目には、しゃれすぎていると映る。つまり、インチキ臭いということだが、ジョーは今や金物会社のセールスマンだから、何年も同じ服を着つづけているエディに何が言える？

「さあ、親方」ジョーが言う。「こいつを使ってみてくれ。その電池で動くんだ」

エディは指で電池をつまみ上げる。ニッケルカドミウムという名の小さな物体。信じがたい。

「試してみ」ジョーはドリルを手渡して言う。エディはレバーを強く握る。いきなりけたたましい音が鳴る。

「すごいだろう？」ジョーが大声で言う。

その日の朝、ジョーから今の給料を聞かされた。エディの三倍だった。それからジョーに昇進おめでとうと言われた――エディはルビー・ピアのメンテナンス係長、父と同じ役職についたのだ。言い返してやりたかった――「そんなにいいと思うなら自分でやれよ。オレがそっちの仕事をやってやるから」しかし、言わなかった。エディは絶対に腹のうちをさらけ出しはしない。

「こんにちは。誰かいます?」

マーガリートがオレンジ色のチケットの束をひと巻き持って、戸口に立っている。エディの目は、いつものように彼女の顔をとらえる。オリーブ色の肌、ダークコーヒー色の瞳。この夏、チケット販売の仕事を始めた彼女は、ルビー・ピアの制服を着ている——白いシャツに赤いベスト、黒いスティラップズボン(裾の紐を脚の裏にかけてはく女性用ズボン)、赤いベレー、胸の上には名札をピンでとめている。その姿を見るとエディは腹が立った。特に、羽ぶりのいい兄の前では。

「彼女にもドリルを見せてやれよ」ジョーは言う。彼はマーガリートのほうを向く。「電池式なんだ」

エディは柄を握る。マーガリートはガバと両耳に手を当てる。

「あなたのいびきよりうるさいわ」彼女が言う。

「こいつはいい!」ジョーは笑いながら大声をあげる。「すっかり尻にしかれてるんだな!」

エディは気恥ずかしそうに下を向き、また目を上げる。と、妻がほほ笑んでいる。

「ちょっと、外に来てくれない?」彼女は言う。エディはドリルを振ってみせる。

「今、仕事中なんだ」

「ちょっとだけ、ね?」

エディはやれやれと立ち上がると、彼女のあとについて外に出る。日差しに顔面を直撃される。

「おたんじょーび、お・め・で・と・う、ミス・ター・エー・ディーー」子供の集団が声をそろえて叫ぶ。

「ああ、そうだった」エディは言う。

マーガリートが声を張りあげる。「さあ、みんな、ロウソクに火をつけて！」

子供たちは折りたたみ式テーブルの上のバニラケーキに群がる。マーガリートがエディに顔を近づけてささやく。「あなたは絶対、三十八本全部をひと息で吹き消すって、あの子たちに約束しちゃったから」

エディはうなる。彼は妻が大勢の子供たちにうまく指示を出すのを見つめる。マーガリートと子供たちを見ているといつもそうだ——彼女が子供たちの輪にすぐなじむのを見ると気持ちが上向き、彼女の不妊を思うとその気持ちがぺしゃんと沈む。ある医者からは、神経質になりすぎたせいだと言われた。別の医者からは、こんなに時期を待たずに二十五までに産んでおくべきだったと言われた。そのうち医者にかかる金も尽きた。まあ、そういうことだった。

彼女が養子の話をし始めて、かれこれ一年になる。彼女は図書館へ通い、新聞を持ち帰ってはくまなく目を通していた。オレたちじゃあ、もう年が行きすぎてる、とエディは言った。「子供にとって、行きすぎてる年って、いくつよ？」彼女は言った。

エディは考えておくと言った。

「さあ、いいわよ」彼女はケーキの前から声をかける。「どうぞ、ミスター・エディ！　さあ、吹き消して――あ、だめ、待って……」

彼女はバッグを探り、アンテナみたいな棒やら、つまみやら、丸いフラッシュ用電球やらのついた複雑なしかけのカメラを取り出す。

「シャーリーンに借りたの。ポラロイドカメラ」

マーガリートは構図を決める。エディはケーキに向かい、子供たちがその周りを押し合いへし合い取り囲み、三十八の小さな炎をキラキラした瞳で見つめる。ひとりがエディをつついて言う。「いっぺんに吹き消してよ、ね？」

エディは下を見る。砂糖ごろも《フロスティング》は小さな手型だらけで、でこぼこだ。

「任せとけ」と言いつつも、エディは妻から目が離せない。


エディは若いマーガリートを見つめた。

「ちがう、君じゃない」彼は言った。

彼女はアーモンド・キャンディーの籠をおろした。悲しそうにほほ笑んだ。二人の背後でタランテラのダンスが続き、太陽は筋状に延びる白い雲間に翳《かげ》っていった。

「ちがう、君じゃない」エディはまた言った。

踊っている人たちが声をあげ――「ヘーイ！」――いっせいにタンバリンを打ち鳴らした。

彼女が片手を差し出した。エディはすばやく、本能的にその手を取ろうと手を伸ばした。落下物でもつかみ取るかのように。そして、指が触れ合ったとき、彼はそれまで感じたことのない感覚——自分の肉体の上にさらに肉体が形作られていくような、柔らかく、温かく、くすぐったいような感覚——を覚えた。彼女も彼の脇にひざまずいた。

「ちがう、君じゃない」彼は言った。

「いいえ、私よ」彼女はささやいた。

ヘーイ!

「ちがう、君じゃない。君じゃない」エディは彼女の肩に頭を預け、死んでから初めて泣いた。

エディたちの結婚式は、クリスマスイブの日に、「サミー・ホン」という薄暗い中華料理店の二階で執り行われた。オーナーのサミーが、その晩はほかに客もいないだろうからと、ひと晩貸してくれた。エディは陸軍時代の給金の残りをすべて披露宴につぎ込んだ——ローストチキン、中国野菜、ポートワイン、アコーディオン弾き。式に使った椅子をディナーにも使うため、ウェイターたちは誓いの言葉が交わされるや来賓のみなみな様にご起立願って、階下のパーティー会場まで椅子を運ばなければならなかった。アコーディオン弾きはスツールに腰かけた。何年もたってから、マーガリートはよく冗談で、私たちの結婚式に欠けていたのはビンゴカードだけだったわね、と言っていた。

食事がすんで、ささやかなプレゼントをいくつか受け取ると、最後の乾杯があって、アコーディオン弾きがケースに楽器をしまった。エディとマーガリートは正面のドアから外に出た。冷たい雨がパラパラ降っていたが、家までは数ブロックの距離だったから、新郎新婦は歩いて帰ることにした。マーガリートはウェディングドレスの上にピンク色の厚手のセーターをはおっていた。エディは白いスーツを着ていて、首にはシャツの襟が食い込んでいた。二人は手をつないで、街灯の明かりの中を歩いた。何もかも、隅から隅まで順調に思われた。

人は、まるでそれが岩陰に隠れている物か何かのように、愛を「見つける」と言う。しかし、愛にはいろいろな形があって、十人十色、同じものはひとつとしてない。だから、自分が見つけた愛は、唯一無二の絶対的な愛だ。エディもマーガリートとの間に絶対的な、比類なき愛を見つけた。それは、感謝に満ちた愛、深く静かな愛、そして何より、かけがえのない愛だった。彼女が死んで、彼は日々をただ腐らせていった。自分の心を眠らせてしまった。

それが今、ここに、再び彼女がいる。結婚したころの、若い彼女が。

「いっしょに歩きましょう」彼女は言った。

エディは立とうとしたが、悪いほうの膝がガクンと折れた。彼女は楽々と彼を立ち上がらせた。

「その脚」と言って、彼女は慈《いつく》しむような目でそのかすんだ傷跡を見つめた。そして、目を上げて、彼の耳にかかっている髪に触れた。

「真っ白ね」彼女は言って、ほほ笑んだ。

エディは舌が動かなかった。見つめることしかできなかった。彼女は彼の思い出の中のままだった——いや、もっと美しかった。というのも、思い出の中の最後の彼女は、中年を過ぎて病苦にさいなまれていたころの姿をしていたから。彼は彼女の隣で何も言わずに立っていた。やがて、彼女はその黒い目を細めると、いたずらっ子のように口の両端を引き上げた。

「エディ」彼女は今にも笑いだしそうになって言った。「私の顔、もう忘れちゃったの？」

エディは息をのんだ。「忘れるもんか」

彼女に頬を軽く触れられると、からだ中にぬくもりが広がった。彼女は村の踊っている人たちのほうを指差した。

「全部、結婚式でしょ」彼女はうれしそうに言った。「私が選んだのはこれ。結婚式の世界。どのドアを開けても。ねえエディ、あれだけは変わらないのよね。花婿がベールを上げて、花嫁が指輪を受け取るときの、二人の目に浮かぶ可能性。あれだけは世界中どこでもいっしょ。心からお互いの愛を信じて、自分たちの結婚は、ありとあらゆる記録を塗り替えるって信じている」

彼女はほほ笑んだ。「私たちも、そうだったと思う？」

エディはどう答えたらいいか、分からなかった。

「オレたちの結婚式にはアコーディオン弾きがいた」彼は言った。

二人は披露宴会場を出て、砂利道《じゃりみち》を歩いた。音楽は次第に遠のき、ただのざわめきとなった。エディは彼女にこれまで見たものを、あったことを、全部話したかった。彼女のことも全部聞きたかった。どんな小さなことも、大きなことも、何もかも。引いては寄せる不安にかられ、腹の中がかきまぜられる気がして、どこから話し始めたらいいのか分からなかった。

「君も、やっぱりこうだったのか?」彼はやっと話し始めた。「五人の人間に会ったのか?」

彼女はうなずいた。

「五人、別々に?」

彼女はまたうなずいた。

「それで、何もかも説明してもらって、何かちがいがあった?」

彼女はほほ笑んだ。「あった。すごくあったわ」

そう言って彼の顎に触れた。「で、そのあとあなたを待ってたの」

彼は彼女の目をまじまじと見つめた。彼女の笑顔を。待っている間、彼女もオレと同じような気持ちを味わったのだろうか?

「どのくらい知ってる……オレのこと? つまり、その――ああなったあとのこと……」

まだそのひとことを言うのはためらわれた。

「死んだあとのこと?」

彼女は麦藁帽子を取って、若々しくふさふさの巻き毛を額から振り払った。

「そうね、私たちがいっしょにいたときのことは全部知ってるわ……」彼女は唇をすぼめた。「それに、どうしてそういうことになったのかってことも……」

彼女は自分の胸に両手を当てた。

「それから……あなたが私を魂の底から愛してくれていたことも知ってる」

彼女は彼のもう片方の手を取った。彼はとろけるようなぬくもりを感じた。

「でも、あなたが死んだときのことは知らないの」彼女は言った。

エディは一瞬、考えた。

「それが、オレにもよく分かってなくって。女の子がいたんだ。小さな女の子が、ちょうど乗り物の真下のところへ迷い込んじゃって、もうダメだっていうときに……」

マーガリートの凝視した目が見開かれた。すごく若々しい。自分の妻に自分の死んだ日の話をするのは、思っていたよりずっと難しかった。

「あの手の乗り物がいくつもあるんだ。ああいう新しい、昔はなかったようなのが——今じゃ、時速一千マイルは出さなくちゃ誰も満足しないんだよ。とにかく、そいつはその手のアトラクションのひとつで、カートを落下させるタイプなんだけど、油圧が落下のスピードを抑えて、墜落直前に止まることになってるのに、何かでケーブルが切れて、カートがガクンとはずれて……今でも何がどうなったのかよく分からない、ただ、オレが停止ボタンを解除させたせいで、カートが落ちて——オレがやれって言ったんだ、ドムっていう今いっしょに働いてる若いのに——だからそいつのせいじゃない——もちろん、そう言ったあとで撤回したんだけど、やつの耳には届かなくて、そしたらあの女の子があそこにちょこんと座っていて、だからオレはなんとか救い出そうと手を伸ばしたんだ、で、あの子の手に触れて……でも、そのあと……」

彼は話をやめた。彼女は小首をかしげて、彼に話の先を続けるよう促《うなが》した。

「ここに来てからこんなに話したのは初めてだ」彼は言った。

彼女はうなずいて、ほほ笑んだ。その優しい笑みを見て、彼の目は潤《うる》み、悲しみにのみ込まれた。と、突然、どういうわけだか、何もかもどうでもよくなった——自分が死んだことも、遊園地のことも、「下がれ」と叫んでやった人たちのことも。どうしてこんなことを話したんだろう？　何をしてたんだ？　彼女といっしょにいるのは現実なのか？　彼の魂は、待ち伏せていた昔の思い——いつか首をもたげて心臓にかみついてやろうと身を伏せていた悲しみ——に不意をつかれた。唇が震えだし、失ったすべてのものの流れの中にさらわれていった。彼は妻を見ていた。死んだ妻を。若い妻を。会いたくて会いたくてたまらなかった妻を。たったひとりの妻を。そして、もうこれ以上、見ていられなくなった。

「ああ、マーガリート」彼はささやいた。「すまない。すまないが、オレには言えない。こんなこと、オレには言えない」

彼は両手に顔をうずめた。そして、それでもなんとか口に出して言った——誰もが言うひとことを。

「会いたかった」

今日はエディの誕生日

競馬場は夏場の客で混み合っている。女たちは麦藁帽子をかぶり、男たちは葉巻をふかす。エディとノエルはエディの誕生日にちなんで二重勝式《デイリー・ダブル》で「三・九」に賭けるつもりで、早々に仕事を切り上げてきた。

背もたれつきの折りたたみ椅子に腰かけ、足もとに散らかったハズレ馬券の中に、紙コップのビールを置く。

エディは今日最初のレースを当てた。賞金の半分を第二レースに賭け、これも当てた。こんなことは生まれて初めてのことだった。そこまでで二百九ドルになった。その後小さく二度負けたが、残った金を全部第六レースに単勝式で注ぎ込んで、勝ちにいった。二人にはそうするだけの理論があったから——競馬場に着いたときには文なし同様だったのだから、家に着いたときにまたそうなっていても、痛くも痒くもないじゃないか。

「勝ったときのことを考えてみろよ」ノエルが言う。「ガキのミルク代になるぜ」

ベルが鳴る。馬がスタートする。馬たちは向こう側の直線コースを一団となって疾駆する。色とりどりの騎手の服が、馬の動きに合わせて流れていく。エディは八番のジャージーフィンチに賭けているが、四倍だから悪い賭けではない。しかし、ノエルに「ガキ」――エディとマーガリートが養子に迎えることになった子供――の話題を出されて、不意に罪の意識にさいなまれる。この金を有効に使うこともできたのに。どうしてオレはこんなことをしてるんだ?

観客が立ち上がる。馬たちは最後の直線コースに入る。ジャージーフィンチがアウトに出てめいっぱい歩幅を広げる。歓声と蹄による地響きがまじり合う。ノエルが大声でやじる。エディはチケットを握り締める。いやになるくらい神経が高ぶる。鳥肌が立つ。ついに、一頭が躍り出る。

ジャージーフィンチ!

これでエディは八百ドル近くの金を手に入れた。

「家に電話してくる」エディは言う。

「台なしだぜ」ノエルが言う。

「何言ってんだ?」

「人に話すとツキがなくなる」

「バカ言え」

「やめとけ」

「彼女に電話してくる。大喜びだ」

「喜びゃしないって」

彼は足を引きずって公衆電話まで行き、コインを入れる。マーガリートが出る。エディはニュースを伝える。ノエルの言ったとおりだ。彼女は喜んでいない。すぐに帰れと言っている。オレに指図するんじゃないと言い返す。

「もうすぐ赤ちゃんが来るのよ」彼女が叱りつける。「そんなことしてる場合じゃないでしょ」

エディは耳の後ろが熱くなるのを感じながら、電話を切る。手すりに寄りかかってピーナッツを食べているノエルのところに戻る。

「よし、オレが選ぶ」ノエルが言う。

二人は窓口へ行って、また単勝で馬を選ぶ。エディはポケットから金を出す。こんな金はもういらないという気持ち半分、二倍にして、家に帰ったらベッドに放り投げて妻に「ほら、なんでも好きなものを買えよ」と言ってやりたい気持ち半分。

ノエルは彼が金を窓口へ押し込むのを見つめ、両眉を吊り上げる。

「何も言うな、ちゃんと分かってるって」エディは言う。しかし、彼は分かっていない――エディに連絡するすべのないマーガリートが車で競馬場へ向かったことは。よりによって彼の誕生日に怒鳴ってしまったことを彼女はひどく悔やみ、謝りたいと思った。それに、もうやめてくれとも言いたい。これまでの経験から言って、ノエルが無理やりにでも最終レースまで誘ってくるのはまちがいない。ノエルはそういう人だ。それに、競馬場までは車でほんの十分だ。彼女はハンドバッグをつかむと、中古のナッシュ・ランブラーに乗り込み、オーシャン・パークウェイを走っていく。右折してレスター・ストリートに入る。太陽が沈み、空が動いていく。たいていの車は対向車線をこちら側に向かって走ってくる。レスター・ストリートにかかる歩道橋に近づく。以前、競馬場の客たちはこの道路を横断するのにこれを昇り降りしていたが、競馬場のオーナーが市に信号機設置費用を支払ってからは、歩道橋を渡る人はほとんどいなくなった。

しかし、今夜は人がいる。ティーンエイジャー——十七歳の少年——が二人、人目をしのんで歩道橋にひそんでいる。彼らは数時間前に酒屋からタバコを五カートンと〈オールドハーパー〉を三パイント盗んで追われていた。今はもう酒は飲み干し、タバコもあらかた吸い尽くしてしまって、二人は時間を持てあまし、錆びた手すりの縁にもたれて、空き瓶をぶらぶらぶら下げている。

「やるか?」ひとりが言う。

「おう」もうひとりが言う。

ひとりが空き瓶を落とし、二人は鉄柵の陰にしゃがんで見つめた。瓶はすんでのところで車からそれて路上に落ちて砕ける。

「ヒュー」二人目が声をあげる。「すっげぇ」

「おまえも落とせよ」

二人目が立ち上がり、瓶を手すりから差し出し、交通量の少ない右側の車線をねらう。彼は瓶を前後に振り、車に当てずに落下させるタイミングをはかる。まるでこれはある種の芸術で、自分がその大家にでもなったかのように。

指を離す。笑みを浮かべつつ。

そのとき、四十フィート（約十二メートル）下ではマーガリートが「上方確認」などしようとは露ほども思わず、歩道橋の上で何が起ころうとまるで意に介さず、少しでもお金が残っているうちにエディを競馬場から連れ出すということ以外には何も考えずに車を走らせている。〈オールドハーパー〉の瓶が当たってフロントグラスが砕け散るときにも、彼女は観覧席のどのブロックから探そうかしらと考えている。車はコンクリートの中央分離帯めがけて突っ込む。彼女のからだは人形のように飛び上がり、ドアと、ダッシュボードと、ハンドルにぶち当たり、肝臓がつぶれ、腕が折れる。しかも頭を強打したために、その晩の物音は何ひとつ聞こえなくなる。周囲の車の急ブレーキの音も聞こえない。畳みかけるように鳴らされるクラクションの音も聞こえない。ゴム底のスニーカーがレスター・ストリートの歩道橋を駆けおりて、夜の闇へと消えていく音も聞こえない。

愛は、雨のように天上から滋養を注ぎ、愛する二人を喜びで浸していく。しかし、ときとして憤怒の熱が照りつけると、愛は表面で干上がってしまう。そうなると、根を張り続けて生きていくためには、下から滋養を吸い上げなければならなくなる。

レスター・ストリートの事故で、マーガリートは入院した。六ヶ月近くも寝たきりだった。最終的には肝臓は回復したが、そのためにかかった費用と時間のせいで、養子の話はふいになった。二人が迎えるはずだった子供は、よその夫婦のもとへ引き取られていった。口に出さない非難の言葉は、落ち着き場所を見出せず、影となって、夫から妻へと漂った。マーガリートは長いこと寡黙《かもく》だった。エディは仕事に没頭した。影は食卓にも居座り、フォークと食器が寂しげにカチャカチャ鳴る中で、二人はその影を囲んで食事をした。話すことといえば、つまらないことだけだった。愛のしずくは根もとにたまり、じっとしていた。エディは二度と競馬はやらなかった。ノエルとの朝食も、話ははずまず、はずませようという努力をする気もなく、次第に途切れた。

カリフォルニアの遊園地が鋼管軌道を初めて導入した——木造ではなしえなかった急角度の回転が実現し、忘れられかけていたジェットコースターが、突如、人気を回復した。ルビー・ピアのオーナーのバロック氏は、さっそくこれを注文し、エディがその建設の監督にあたった。エディは作業員たちに大声で指示を出し、彼らの一挙手一投足にまで目を光らせた。しかし、彼自身は、こんなに速いものは信用していなかった。六十度の角度？　絶対にケガ人が出る。とはいえ、とりあえずこれで気が紛れた。

〈スターダスト・バンド・シェル〉が取り壊された。〈ジッパー〉も。子供たちにまで「おセンチ」だと見放されていた〈恋のトンネル〉も。数年後、新たに〈ウォーター・シュート〉というボート式の乗り物が建設された。驚いたことに、大評判だった。乗客は、水の流れる巨大な「樋《とい》」の中を船に乗って滑っていき、最後に大きな水たまりの中へ落ちて水しぶきを浴びる。海まで三百ヤード（約二百七十メートル）のところにいるのに、どうしてわざわざここで濡れたがるのか、エディには分からなかった。と言いつつも、素足で水の中に入り、ボートが絶対に軌道から飛び出さないようにとメンテナンスに励んだ。

　やがて、夫と妻はまた言葉を交わすようになり、ある晩、エディのほうから養子縁組の話を持ち出してみた。マーガリートは額をこすって言った。「私たちはもう年が行きすぎたわ」

　エディは言った。「子供にとって、行きすぎた年って、いくつだい？」

　時が流れた。子供はいなかったが、二人の傷はゆっくりと癒《い》え、仲間意識のようなものが、もうひとりの家族のために取ってあった空間を満たしていった。朝には、彼女は彼のためにトーストとコーヒーを用意し、彼はピアでの仕事につく前に彼女を勤務先のクリーニング店まで送った。午後には、ときどき彼女は早めに仕事を切り上げて、エディといっしょに遊歩道を歩き、彼の巡回について回った。エディがローターやケーブルの説明をしたりエンジン音に耳を傾けたりしている間、彼女は回転木馬や黄色い二枚貝《クラムシエル》に乗っていた。

　ある七月の夕暮れに、二人はグレープ・アイスキャンディーをしゃぶり、海岸の湿った砂浜に素足を沈めながら歩いていた。ふと、あたりを見回して、自分たちが今この海岸で最年長者だと気づいた。

マーガリートは若い女の子たちのビキニを見て、私にはもうああいうものを着る度胸はないわ、と言った。エディが言った――そりゃあ、あの女の子たちも幸せだ、だって、もし君があれを着たら、男たちはほかの女には目もくれなくなるだろうから。マーガリートは四十代半ばで、腰のあたりに肉がつき、目の周りには小じわが目立ち始めていたが、彼女はエディに感謝の気持ちを伝え、彼のわし鼻と張った顎を見つめた。二人の愛の滋養は、また天上から降り注ぎ始め、足もとに寄せる海に負けじと彼らを浸していった。

それから三年がたったある日、彼女はアパート――結局、母の死後も、若いころの思い出が詰まっているし、窓から回転木馬が見えるのがいいとマーガリートが言ったので、そのまま二人で住み続けたアパート――のキッチンで、カツレツ用の鶏肉にパン粉をまぶしていた。突然、なんの前触れもなく、彼女の右手の指が開いたまま言うことをきかなくなった。指は後ろへそっていた。どうしても閉じない。鶏肉が手のひらから滑ってシンクに落ちた。腕が震えた。呼吸が速くなった。一瞬、右手を見つめた。固まった指はまるで他人の指のようだった。他人の手が目に見えない大きな壺をつかんでいるように見えた。

そして、何もかもがかすんでいった。

「エディ?」その声に彼が駆けつけたときには、彼女は床に倒れていた。

脳腫瘍《のうしゅよう》だった。病状は、ほぼ予測どおりに進行した。安定しているかに見せかけるだけの治療が施され、ところどころ髪が抜け落ち、午前中は騒々しいラジエーターの機械音を聞いて過ごし、午後は病院のトイレで吐いていた。

いよいよ終わりが近づき、癌が勝利を収めようというときになると、医者はただ「無理をしないで。気を楽にしてください」としか言わなくなった。彼女が何を聞いても、医者たちは同情的にうなずくばかりだった。うなずきもまた点滴といっしょに注入される薬ですとでもいうかのように。彼女には、これは単なる外交辞令だと分かっていた。手の施しようがないから優しくする。ついに、医師のひとりから「身の回りの整理を」と言われると、彼女は退院させてくれと頼んだ。頼むというより、命令に近かった。

エディは彼女が階段を上がる手助けをし、彼女が部屋を見回している間にコートをかけてやった。自分で料理をすると言う彼女を座らせて、エディはお茶をいれる湯をわかした。前日に、ラムチョップを買っておいた。その晩エディは、失敗に失敗を重ねてディナーを用意し、友人や同僚を招いた。来客のほとんどはマーガリートの土気色の顔を見ながら、「やあ、お帰り」と言った。まるで、ホームカミング・パーティーのようだった。お別れパーティーなのに。

耐熱皿のままマッシュポテトを食べ、デザートにはバタースコッチのブラウニーを食べた。マーガリートが二杯目のワインを飲み終えると、エディはボトルを取って三杯目を注いだ。

二日後、彼女は叫び声をあげて目を覚ました。エディは夜明け前のしじまにたたずむ病院へと車で彼女を連れていった。二人はポツリポツリと言葉を交わした――医者はどういう処置をするだろう。誰に連絡をしたらいいだろう。マーガリートは助手席に座っていたが、エディはあらゆるものに――ハンドルにも、アクセルにも、自分のまばたきや咳払いにも――彼女を感じた。彼の動きのひとつひとつが彼女を抱きしめようとするものだった。

彼女は四十七歳だった。

「あれ、持ってきた？」彼女が聞いた。

「あれ……？」彼はぼんやりと言った。

彼女は深く呼吸して目を閉じ、再び口を開いたが、今の呼吸に高い代償を払ったかのように、彼女の声はやせ細っていた。

「保険証」彼女はしゃがれ声で言った。

「ああ、ああ」彼はすばやく言った。「持ってきた」

車を駐車場に停めてエンジンを切った。急にあたりがたまらないほどの静寂に包まれた。かすかな音も全部聞こえた。自分のからだが革のシートにこすれる音も、ドアの取っ手のカチャッと鳴る音も、外気の流れる音も、地面を踏む足音も、カギ束のジャラジャラいう音も。

彼は助手席のドアを開けて彼女をおろした。彼女は凍えた子供のように、自分の顎を包み込むほどに肩をすぼませた。髪が風に揺れて顔にかかり、鼻をすすって地平線に目を向けた。彼女はエディにもそちらを向くようにと、遊園地の巨大な白い乗り物を顎でしゃくって見せた。ツリーの飾りのように赤いカートがぶら下がっている。

「ここからでも見えるわね」彼女が言った。

「観覧車?」彼は言った。

彼女は遠くを見た。「うちよ」


天国へ来てから一睡もしていなかったから、エディの感覚では、さっき会った三人と過ごした時間もせいぜい数時間のものだった。もっとも、夜も昼もなく、眠ることも目覚めることもなく、日没も満潮も食事も予定表も何もなかったのだから、本当のところは分からない。

マーガリートに会ってから彼が望んだものはただひとつ。時間――それも、もっともっと多くの時間だった。そして、それは与えられた。幾度となく夜がきて昼がきて、また夜がきた。二人はさまざまな結婚式のドアをすり抜け、エディは話したいことをすべて話した。

スウェーデンの結婚式では、兄のジョーが十年前、フロリダに新しいコンドミニアムを購入したほんのひと月後に、心臓発作で死んだことを話した。ロシアの結婚式では、あのアパートにずっと住んでいたのかと彼女が聞いたので、ずっと住んでいたと答えると、彼女はうれしいわと言った。レバノンの村での屋外結婚式では、彼は天国に来てからのことを話した。彼女は一心に聞いているようでもあり、すでに知っているようでもあった。ブルーマンと彼の物語のこと――生きる人もいれば死ぬ人もいるのはなぜかという話――や、大尉と彼が払った犠牲の話をした。エディが父の話をすると、マーガリートは、夫が父親の沈黙に戸惑い憤っていた夜が幾夜あったことだろうと考えた。エディが何もかももうすっきりしたと話すと、彼女は眉を上げて口もとをほころばせた。その表情を見たエディは、長いこと忘れていた懐かしくて温かい感情を、妻を喜ばせるという単純な行為で得られる感情を、味わった。

ある晩、エディはルビー・ピアの変化について話した。古い乗り物が取り壊され、ゲームコーナーの笛の音のダンス音楽がロックンロールになったこと、ジェットコースターには今ではコークスクリュー・ツイストがついて、カートがまっさかさまになること、かつては暗闇に蛍光塗料を塗ったカウボーイの絵の切り抜きがあらわれるだけのアトラクションだったものが、今やビデオスクリーンに埋め尽くされていて、四六時中テレビを見ているようになっていること。

新しい名前も教えた。〈ディッパー（柄杓《ひしゃく》）〉や〈タンブル・バッグズ（フンころがし）〉はもう古い。〈ブリザード（突風）〉とか、〈マインドベンダー（幻覚剤）〉とか、〈トップガン（米海軍航空基地の空中戦教官コースの別名またはその最優秀卒業生）〉とか、〈ヴォルテックス（大旋回）〉の時代だ。

「なんか変だろう?」エディは言った。

「本当ね」彼女は昔を懐かしむように言った。「どこかよその夏の話みたい」

エディはこれこそまさに長年自分が感じていたことだと思った。

「どこかよそで働けばよかったな」エディは言った。「あそこから抜け出せなくて、悪かった。

親父のせいで。この脚のせいで。戦争から帰ってからすっかりダメ人間になっちまって」

彼女の顔を悲しみがよぎった。

「何があったの?」彼女は尋ねた。「戦争で?」

彼は妻にも話していなかった。兵隊になったらなすべきことをして、帰郷後はその間のことは何も語らないというのが当時の了解事項だったから。殺した敵のことを考えた。あの見張り番たちのことを考えた。手にこびりついた血痕のことを考えた。自分は許されるのだろうか?

「自分を見失ってた」彼は言った。

「そんなことない」妻は言った。

「いや、そうなんだ」彼はささやき、妻はそれ以上何も言わなかった。


ここ天国で、ときどき二人はいっしょにからだを横たえた。しかし、眠りはしなかった。マーガリートが言った——生きてるときって、天国の夢を見ることがあるでしょ? その夢が天国の実現に役立つの。でも、そういう夢はもう見る必要ないものね。

夢を見るかわりに、エディは彼女の肩を抱いてその髪に鼻をこすりつけ、深く息を吸った。あるとき、妻に聞いた——神様はオレがここにいるって知ってるのかな? 彼女はほほ笑んで言った。「もちろん」しかし、エディはこれまでたびたび自分は神様の目を逃れおおせたと思っていたし、今だって、気づかれずにやっていると思っている。

第四の教え

いろいろな話をしたあと、マーガリートはエディをまた別のドアへといざなった。一人は最初の小さな円形の部屋に戻った。彼女はスツールに腰かけ、指を組んで、鏡に向かった。そこには彼女の姿が映っている。だが、彼の姿はない。

「花嫁はここで待つの」彼女は手で髪をかき上げながら、鏡の中の自分を見つめていたが、心はどこかへ漂っていくように見えた。

「このときにね、考えるのよ――自分のしていること、自分の選んだ人のこと、自分がこれから愛する人のこと。もしそれが正しいなら、これはまたとない最高の瞬間になるはずなのよ、エディ」

彼女は彼のほうへ向き直った。

「あなたは何年も愛なしで生きなければならなかった、でしょ？」

エディは何も言わなかった。

「愛が奪われてしまったって、思ってた。私が逝くのが早すぎた、って」

彼はゆっくりと膝を折った。彼女のラベンダー色のドレスが目の前に広がった。

「たしかに、早すぎた」彼は言った。

「私のこと、怒ってたでしょ?」

「いや」

彼女の目がキラリと光った。

「ああ、そうだよ、怒ってた」

「あれにはわけがあったのよ」

「わけ? どんな? わけなんてあるもんか。君は死んだ。四十七歳だった。君は誰もが認める最高の人だった。それなのに、死んでしまってすべてを失った。そして、オレもすべてを失った。たったひとりの愛する女性を失ったんだ」

彼女は彼の手を取った。「いいえ、失ったんじゃないわ。私はここにいたもの。それに、あなたは私を愛し続けてくれたじゃない。

なくした愛も、やっぱり愛なのよ、エディ。形が変わるだけのことなの。もうその人の笑顔は見られない、その人に食事を持っていくこともできない、その人の髪をいじることも、手を取って踊ることもできない。でも、そういう感覚が弱まると、別のものが強くなってくる。思い出が。思い出がパートナーになるの。思い出を育《はぐく》んで、思い出を抱きしめて、思い出とダンスをする」

そして彼女は言った。

「人生には終わりがある。愛に終わりはないわ」

エディは妻を埋葬してからの月日を思った。塀越しに世間を見ているような感じがした。その塀の外には別の人生があると気づいてはいたが、自分がその新しい人生を生きることはないと分かっていた。

「ほかの人はいらなかった」彼は静かに言った。

「分かってる」彼女は言った。

「ずっと君を愛してた」

「分かってる」彼女はうなずいた。「感じたもの」

「ここにいて?」彼は聞いた。

「ここにいても」彼女はほほ笑んだ。「なくした愛って、そのくらい強いものなのよ」

彼女は立ち上がってドアを開けた。彼女のあとについて部屋に入った。エディはまた目を瞬いた。薄明かりのともった部屋に何脚も折りたたみ椅子があって、隅にアコーディオン弾きが座っていた。

「とっておきの部屋よ」彼女は言った。

マーガリートは両手を差し出した。天国に来て初めて、彼はみずからすすんで接触を求め、彼女に近づいた。脚のことは気にせず、これまでダンスとか音楽とか結婚式と聞いただけで連想されたいやなことも気にならなかった。本当にいやなのは孤立することだと気づいたから。

「足りないのは」マーガリートが彼の肩に手を置いてささやいた。「ビンゴカードだけね」

彼は笑って彼女の腰に手を置いた。

「ひとつ、聞いていいか？」彼は言った。

「ええ」

「どうして結婚したころの姿なんだ？」

「こっちのほうがあなたは好きかと思って」

彼は一瞬、考えた。「変われる？」

「変わる？」彼女はおもしろがっているようだった。「どういうふうに？」

「死んだころの姿に」

彼女は腕をおろした。「あのころの私はあまりきれいじゃないから」

エディはそんなことはないと言わんばかりに頭を振った。

「変われる？」

彼女は一瞬、間を置いてから、彼の腕の中に戻った。アコーディオンが懐かしい曲を奏《かな》でた。

彼女は彼の耳もとでメロディーを口ずさみ、二人はゆっくりと踊り始めた。夫婦だけが分かち合える思い出のリズムに乗って。

あなたを愛してしまったの
そんなつもりじゃなかったのに
そんなつもりじゃなかったのに
あなたを愛してしまったの
知ってたのね、あなたはちゃんと
分かってたのね、いつでもちゃんと

顔を離してみると、彼女は四十七歳の彼女になっていた。目の周りには小じわが寄り、髪は薄く、顎の下はたるんでいた。彼女はほほ笑み、彼もほほ笑んだ。彼の目には、彼女はこれまで以上に美しく見えた。彼は目を閉じ、彼女に再会した瞬間からずっと心に引っ掛かっていた思いを口にした――「もうこの先へは行きたくない。ずっとここにいたい」

目を開けると、腕は彼女を抱いた形のままでいたが、彼女は消えていた。そして、何もかも、消えていた。

金曜日　午後三時十五分

ドミンゲスがエレベーターのボタンを押すと、ドアがゴトンと閉まった。内扉の窓に外扉の窓が重なる。エレベーターはガクンと上昇を始め、網目入りのガラス越しに見えていた一階ロビーが下方へ消えていく。

「こんなエレベーターがまだ動いてるなんて信じられない」ドミンゲスは言った。「前世紀の遺物ってやつだ」

同伴の男——管財人——は関心のあるふりをして、わずかにうなずいた。彼は帽子を取り——蒸し暑くて汗だくだった——真鍮のパネルにはめ込まれた各階の表示が次々と点灯していくのを見つめた。これが今日三つ目の仕事だ。あとひとつ、これで家に帰って食事ができる。

「エディには財産なんて、大してなかったと思うよ」ドミンゲスは言った。

「そうですか」男はハンカチで額をぬぐいながらそう言った。「では、そう時間はかからないでしょう」

エレベーターがはずんで停止し、ドアがガタンと開き、二人は6B号室へと向かった。廊下には今も一九六〇年代ふうの白黒のタイルが敷かれ、どこからともなく料理の匂い——ニンニクとフライド・ポテトの匂い——がしてきた。カギは前もって管理人から借りておいた——期限つきで。来週の水曜日まで。それまでには次の住人のために部屋を片づけておいてくださいよ。

「わぉ……」ドアを開けてキッチンに入るなり、ドミンゲスは言った。「じいさんのひとり暮らしにしちゃ、やけにきれいだ」シンクはピカピカだった。カウンターには塵《ちり》ひとつなかった。ドミンゲスは思った——すっげえなあ、オレんとこは、こんなにきれいなことはねぇな。

「財務関係の書類は?」男が尋ねた。「銀行関係のものとか? 宝石類とか?」

ドミンゲスは宝石を身につけたエディを想像して噴き出しそうになった。あの老人がいなくなって寂しがっている自分を自覚していた。いつも大声でみんなに指図して、母鷹《ははたか》のようにすべてを見守っていた彼がピアにいないのは、不自然な気がした。エディのロッカーはまだそのままになっていた。片づけようなんて誰も思わなかった。エディの道具も作業場のいつものところに置いてあった。まるで明日になれば彼が戻ってくるとでもいうように。

「知らないよ。寝室でも見てみたら?」

「タンスの中?」

「さあね。オレだってここへは一度しか来たことないんだ。エディとは仕事だけの付き合いだったから」

ドミンゲスはテーブルに身を乗り出してキッチンの窓から外を見た。昔からある回転木馬が見えた。彼は腕時計に目をやって思った。**仕事か**。

管財人はタンスの一番上の引き出しを開けて、靴下を押しのけた。靴下はどれも一足ずつまとめてきちんと丸められていた。それから下着も。白のボクサーパンツはお腹のゴムのところでそろえてあった。その下に革ベルトでしばった古びた箱がしまわれていた。大切なものらしい。これで片づいたらありがたい、と期待を込めて、彼は勢いよく箱を開けた。顔をしかめた。大切そうなものなど何もない。預金通帳も。保険証書も。入っていたのは黒のボータイ、中華料理店のメニュー、古いトランプひと組、勲章の入った手紙一通、それと、バースデーケーキの前で子供たちに囲まれている男の色あせたポラロイド写真一枚。

「なあ」ドミンゲスが隣の部屋から叫んだ。「これじゃないかな」

彼はキッチンの引き出しから見つけた封筒の束をつかんでやってきた。地方銀行の書類やら復員軍人庁の書類やら。管財人はそれらを指先でパラパラめくりながら、顔も上げずに言った。

「これで大丈夫でしょう」彼は銀行の預金証書を一枚引き抜くと、残高を記憶にとどめた。こういうところへ来るとよくそう思うのだが、ここでもまた彼は、自分に有価証券、債券、退職後の年金受給権があることを声に出さずに感謝した。それだけあれば、きれいなキッチン以外には見せるものがないこの哀れな老人と同じような最期を迎えることは絶対にない。

天国で会う五人目

白い。白一色となった。地面もなく、空もなく、その間の地平線もない。まじりけのない、物音ひとつしない、静寂の中で迎える暁《あかつき》に深々と降る雪のごとき、無音の白。

エディの目に見えるのは、ただ白一色。エディの耳に聞こえるのは、ただ自分の懸命な息づかいとその反響のみ。彼が息を吸うと、こだまがさらに大きな音をたてて息を吸う。彼が息を吐くと、こだまもまた息を吐く。

エディはぎゅっと目をつぶった。沈黙は、破られないと分かっているといっそう耐えがたいものだ。そして彼にはそうと分かっていた。妻は行ってしまった。彼は必死に妻を求めた。もう一分、もう三十秒、もう五秒でいいから。しかし、もはや手を差し伸べることも、名を呼ぶことも、手を振ることも、彼女の写真を見ることさえできなかった。まるで階段を転げ落ち、一番下でぐったり倒れ込んでいるような気分だった。魂はうつろだった。なんの気力も起きなかった。中空で、フックに引っ掛かったまま体液がすっかり流れ出してしまったかのように、彼は微動だにせ

ず、ぐにゃりと漂っていた。そうやってまる一日、あるいは、まる一月漂っていたのかもしれない。百年かもしれない。

かすかだが、まとわりついてくるような音がして、ようやく彼はからだを動かし、重いまぶたを開けた。すでに四段階目まで進んで、四人の人物に会った。四人とも不可思議なあらわれ方をしたが、今度のはこれまでとまるでちがうと彼は直感した。

音の振動がまた伝わってきた。今度はもっと大きく。エディは生涯つちかってきた防衛本能から、こぶしを握り締めた。が、ふと見ると、右手には杖が握られている。二の腕にはしみが浮き出ている。爪は縮んで黄ばんでいる。むき出しの脚には赤い発疹――帯状疱疹――が出ている。死ぬ数週間前に出てきたものだ。彼はこの急激な老化から顔をそむけた。生身の人間なら、これは終焉《しゅうえん》に近いということだ。

また音がした。甲高い悲鳴と静寂が不規則に繰り返される。生きている間、エディは何度も悪夢にこの音を聞いた。それを思い出して身震いした――あの村、炎、スミティ、そして、この音。悲鳴めいた笑い声。あの最後の一瞬に言葉をしゃべろうとした自分の口から発せられたこの音。

彼はこの音を食い止めようとでもするかのように、歯を食いしばったが、音は鳴り続けた。ほったらかしにされた警報機のように。ついにエディは息詰まるような白さに向かって叫んだ。

「今度はなんなんだ？　どういうつもりだ？」

彼がそう言うと、甲高い音は背景へと遠のき、あいまいだが執拗に続くゴォという音――流れる川の音——の上に重なった。そしてあたり一面の白は縮小して、水面でちらちら照り返す一点の日だまりとなった。足もとに地面があらわれた。杖が固いものに触れた。彼は土手の上にいた。そよ風に顔をなでられ、霧のせいで肌は潤い、つややかだった。下を流れる川に目を落とし、さっきから耳にまとわりついていた悲鳴の源を見て、野球のバットを握り締めて構えていたが結局強盗はいないと分かったときのような安堵感に、顔がほてった。

この音——叫び声、口笛、単調に続く金切り声——は、川で水しぶきを上げて無邪気に笑い、歓声をあげている子供たち、何千という子供たちの奏でる不協和音だった。

オレが夢で見ていたのはこれか？ 彼は考えた。**ずっとこれを？ どうして？** 彼は小さな子供たちをつくづくと眺めた。飛び跳ねる子供、川を渡る子供、バケツを運ぶ子供、丈の長い草の中を転がる子供。といっても、そこには子供たちに普通見られる乱暴な騒々しさはなく、一種の落ち着きがあった。ほかにも気づいたことがあった。大人がひとりもいない。ティーンエイジャーもいない。ここにいるのは褐色の木肌色をした幼い子供たちだけで、自分たちで自分たちを監督しているようだった。

それからエディの目は、白い丸石へと惹きつけられた。その上に、やせた女の子がみんなから離れてひとりぽつんと立って、エディのほうを向いていた。少女は両手で彼を手招きした。彼は尻ごみをした。少女はほほ笑み、また手招きをして、「そう、あなたよ」とでもいうようにうなずいた。

エディは斜面を下るために杖をおろした。足もとが滑り、悪いほうの膝がガクンと折れ、両足ともよろけた。しかしからだごと地面にたたきつけられる前に、一陣の風に背中を押されてヒョイと前進し、両足でしゃんと着地した。彼はまるでかなり前からずっとそこにいたかのように、少女の前に立っていた。

今日はエディの誕生日

五十一歳。土曜日。マーガリートのいない初めての誕生日。紙コップにカフェインレスのコーヒーを入れ、マーガリンを塗ったトーストを二枚食べる。妻が事故にあって以来、エディは、「あの日を思い出すだけだ」と言って誕生日をやり過ごしてきた。誕生日は祝うものだと主張したのはマーガリートだった。彼女はケーキを焼いた。友だちを招いた。いつもタフィーをひと袋買って、袋をリボンで結んだ。「誕生日を捨てることはできないのよ」と彼女は言った。

その彼女がいなくなった今、エディは誕生日を捨てようとしている。職場ではジェットコースターのレールにからだをしばりつけ、高いところでただひとり登山家のように作業する。夜にはアパートでテレビを見る。早く寝る。ケーキはなし。客もなし。それが普通だと自分で思っていれば、全然苦にならない。諦念という淡い色が彼の日々の色となる。

六十歳。水曜日。早めに作業場へ行く。茶色の紙袋に入ったサンドイッチから、ソーセージをひと切れちぎる。それを釣り針にかけ、釣り穴から糸をたらす。しばらく浮かんでいる針をじっと見つめる。やがて消える、海に飲まれて。

六十八歳。土曜日。カウンターに錠剤をパラパラ広げる。電話が鳴る。フロリダにいる兄のジョーが誕生日おめでとうと言う。ジョーは孫の話をする。コンドミニアムの話もする。エディは少なくとも五十回は「ほぉ」と言う。

七十五歳。月曜日。めがねをかけて、点検報告書に目を通す。前夜の当番をさぼった者がいることに気づく。〈スキグリー・ウィグリー・ウォーム・アドヴェンチャー〉のブレーキテストが抜けている。ため息をついて、壁から「点検のため一時休止」の看板を取ると、それを持って〈ウィグリー・ウォーム〉の乗車口へと行く。自分でブレーキパネルをチェックする。

八十二歳。火曜日。タクシーが一台遊園地の入り口に停まる。エディは助手席に乗り込んでから杖を引き入れる。

「たいていお客さんは後ろに乗るんだけどね」運転手が言う。

「ダメか?」エディが尋ねる。

運転手は肩をすくめる。「いや。どうぞ」エディはまっすぐ前を見る。このほうが自分で運転している気分になれるから、とは言わない。彼は二年前に免許証の更新を拒否されて以来、運転していない。

タクシーは彼を墓地へと連れていく。母の墓参りと兄の墓参りをしたあと、ほんの一瞬、父の墓の前にもたたずむ。いつものように、妻の墓は一番あとにとっておく。杖に寄りかかり、墓石を見つめて、あまたに思いを馳《は》せる。タフィー。タフィーのことを思い出す。今食べたら歯が取れてしまうだろうな。でも、彼女といっしょに食べるのなら、食べてもいい。

最後の教え

アジア系のようだ。たぶん、五歳か六歳だろう。美しいシナモン色の肌をして、髪は濃いプラム色、鼻は低い。ふっくらとした唇が笑みをたたえて隙間だらけの歯を取り囲んでいる。もっとも印象的なのは目。アザラシの皮のような黒い瞳の中に、一点、瞳孔が白く光っている。彼女はほほ笑んで、しきりと手を振った。エディが一歩にじり寄ると、彼女は自己紹介をした。

「タラ」胸に手のひらを押しつけて、名のった。

「タラ」エディは鸚鵡《おうむ》返しに言った。

少女はやっとゲームが始まったというように、にっこりした。刺繍入りのブラウスを指差した。両肩からゆったりとはおったブラウスは川の水で濡れていた。

「バロ」少女は言った。

「バロ」

そして、腰から足にかけて巻きつけている赤い布に触れた。

「サヤ」

「サヤ」

それから木靴のような靴――「バッキャ」。足もとで玉虫色に輝いている貝がら――「キャピッ」。少女の前に敷かれた竹細工のゴザ――「バニグ」。少女はエディにゴザの上に座るよう促し、自分も足を折って座った。

ほかの子供たちは誰もエディに気づかないようだった。みんな水しぶきを上げたり、転げたり、川床の石を拾い集めたりしている。少年がひとり、別の少年のからだに石をこすりつけていた。背中やわき腹に。

「洗ってる」少女は言った。「イナがやったみたいに」

「イナ?」エディは言った。

少女はエディの顔をじっと見つめた。

「ママ」

エディは生きている間に多くの子供たちと話をしたが、この子の声には、普通、子供が大人に話しかけるときに見せるためらいがなかった。この子やここにいるほかの子供たちは、自分でこの川辺を天国に選んだのだろうか。それとも、思い出が少なすぎる彼らのために、誰かがこういう穏やかな風景を選んだのだろうか。

少女はエディのシャツのポケットを指差した。彼は見おろした。パイプクリーナー。

「これかい？」彼は言った。パイプクリーナーを取り出すと、ピアでよくやったようにねじ曲げ始めた。少女は膝立ちになって、エディの手もとを凝視した。エディは手が震えた。「見てごらん、ほら……」最後のひとひねりをする。「犬だ」

少女はそれを受け取ってほほ笑んだ――何千回となく見てきた笑みだった。

「気に入ったかい？」彼は言った。

「あなた、わたしをやく」少女は言った。

エディは顎がぎゅっと引き締まるのを感じた。

「今、なんて言った」

「あなた、わたしをやく。わたしを火にする」

少女の声には、教室で習ったことを反復する子供の声のように、抑揚がなかった。

「イナがニパでまってる言う。イ、イナがかくれろ言う」

エディは声を低めた。言葉をゆっくりと選んで言った。

「隠れるって……何から？」

彼女はパイプクリーナーの犬をいじくって、水に浸した。

「ス、ス、ス、スンダロング」少女は言った。

「スンダロング？」

少女は顔を上げた。

「へいたい」

その言葉はナイフのように舌に突き刺さった。さまざまな映像が脳裏をよぎった。兵隊。爆発。モートン。スミティ。大尉。火炎放射器。

「タラ……」彼はささやいた。

「タラ」少女は自分の名前を聞いてほほ笑んだ。

「どうしてここに、天国に?」

彼女は手にした動物をおろした。

「あなた、わたしをやく。わたしを火にする」

目の奥が脈打った。頭が猛烈な勢いで回りだした。呼吸が速まった。

「フィリピンにいたんだね……あの影……小屋の……」

「ニパ。イナがここあんぜん言う。まってる。あんぜん。それから大きな音。大きな火。あなた、わたしをやく」少女はそのか細い肩をすくめた。「あんぜんない」

エディは息をのんだ。手が震えた。少女の深く黒い瞳をのぞき込み、ほほ笑もうとした。まるで、それが少女の必要としている薬ででもあるかのように。少女はほほ笑み返したが、この笑みにエディは粉砕された。ぐしゃぐしゃに崩れた顔を両手に埋めた。肩も、肺も、崩れた。これまで自分を覆っていた闇がついに正体をあらわした。それは現実の、血と肉のある、この子だった。

自分が殺した、焼き殺した、このかわいい子供だった。さんざんあの悪夢にさいなまれてきたのは、当然の報いだった。何かが見えたんだ！　炎の中のあの影！　それをこの手で殺したんだ！　**残虐なこの手で！**　涙が指の間からあふれ出し、魂がまっさかさまに落ちていくようだった。

彼はその場で泣き崩れた。かつて耳にしたことのない吼《ほ》え声が、自分の中からわき上がった。腹の中心からわき上がり、川の水をとどろかせ、霧の立ちこめた天国の空気を揺るがす吼え声。からだが痙攣《けいれん》し、頭が荒々しく揺さぶられ、やがて、吼え声は弱まって祈るようなつぶやきになり、一語一語しぼるように吐き出された。「オレが殺した。オレが殺したんだ」それからささやき声で「許してくれ」それから大きな声で「許してくれ、ああ、頼む……」そして最後に「なんてことをしたんだ……オレはいったいなんてことをしたんだ?!……」

彼は泣いて、泣いて、ついには涙も枯れ果てて、ぶるぶると身を震わすだけとなった。無言のまま打ち震え、前後に揺れた。ゴザの上で黒い髪の少女の前にひざまずいた。少女は流れゆく川にパイプクリーナーの犬を浸して遊んでいる。

激しい苦悶がおさまったあと、ふいに、エディは肩をたたかれた。目を上げるとタラが立って、石を差し出していた。

「あなた、わたし、あらう」少女はそう言って、水の中へ入ると、エディに背中を向けた。そして刺繍入りのバロを首からすぽっと脱いだ。

彼はたじろいだ。少女の肌は恐ろしいほど焼け爛れていた。背中から細い肩にかけて黒く炭化し、水ぶくれもあった。くるりと振り返った少女の、さっきまできれいだった無垢《むく》な顔は、目を伏せたくなるような火傷に覆われていた。唇はだらりと垂れ下がっていた。片目しか開いていない。ところどころ焼けて髪の抜け落ちた頭皮には、疥癬状のかさぶたができていた。

「わたし、あらう」少女は石を差し出して、また言った。

エディは足を引きずって、川の中へ入った。石を受け取った。指が震えた。

「どうすれば……？」彼はかろうじて聞き取れる声でぼそりと言った。「オレには子供がいなかったから……」

少女が炭化した手を上げると、エディはその手をそっとつかんで、ゆっくりと腕の上に石を滑らせた。傷がはがれていった。エディは強くこすった。傷がはがれ落ちていく。彼は動作を速めた。やがて、焦げた肉体がはがれ落ちて、健康な肉体があらわれた。エディは石をひっくり返すと、少女の骨ばった背中と華奢《きゃしゃ》な肩と首をこすり、最後に頬と額と耳の後ろの皮膚をそっとこすった。

少女は後ろに身をそらせ、エディの鎖骨《さこつ》に頭を預ける格好で、彼にもたれかかった。うたた寝でもするように目を閉じた。そのまぶたをそっとなでた。垂れ下がった唇も、斑《まだら》になった頭皮も、同じようになでた。すると、プラム色の髪が生え出し、最初に見た少女の顔があらわれた。

目を開けると、その白目の部分が灯台の明かりのように光を放った。「わたし、五」少女は小さな声で言った。

エディは石を下におろして短く途切れがちな息の下で身震いした。「五……そうか……五歳か……」

少女は首を振った。指を五本立てて見せた。そして、その五本の指をエディの胸に押し当てた。**あなたの五よ**と言わんばかりに。**あなたの五番目の人**。

なま暖かい風が吹いた。エディの顔を涙がひと粒流れた。タラは、草を這う虫を見つめる子供のように、その涙を目で追った。そして、二人の間の空間に向かって話しかけた。

「どして、かなしい?」

「オレがどうして悲しいかって?」彼はささやいた。「今、ここで?」

少女は下を指差した。「あっちで」

エディはむせび泣いた。胸の中がからっぽになってしまったようで、これを限りのうつろなむせび泣きだった。彼はすべてのバリアを撤廃した。もはや大人が子供へ語りかける口調ではなかった。ここにいたるまでに、マーガリートに、ルビーに、大尉に、ブルーマンに、そして、ほかの誰よりも自分自身に言ってきたことを言った。

「オレが悲しかったのは、生きてたって、何もすることがなかったからだ。オレは、つまらない人間だった。何も成し遂げなかった。負け犬だった。あっちではいなくてもいい人間だったんだ」

タラはパイプクリーナーの犬を水から引き上げた。

「いなくちゃ、ダメ」少女は言った。

「どこに？　ルビー・ピアにか？」

少女はうなずいた。

「乗り物の修理のために？　それがオレの存在理由か？」彼はふうっと息を吐いた。「どうして？」

答えは分かりきってるでしょ、と言うように少女は小首をかしげた。

「子供たちのため。あなた、子供たち、あんぜんにする。わたしのぶんも」

少女はエディのシャツに犬をこちょこちょとこすりつけた。

「だから、いなくちゃ、ダメ」少女はそう言って、小さな笑い声をあげてエディのシャツの胸当てに触れ、言葉を二つ、つけたした。「エディ・メンテナンス」


エディは流れる水の中にぺたりと座り込んだ。これで彼の物語を形成する小石がすべて出そろい、今、水面の下でひとつにつながった。エディは自分の肉体が溶けていくのを感じた。そして、もう長くはないと、天国で五人の人物に会ったあとに何があるにせよ、今、その時がきたのだと感じた。

「タラ？」エディはささやいた。

少女は顔を上げた。

「ピアの女の子はどうしただろう？　知ってるかい？」

タラは自分の指先を見つめた。うなずいた。

「オレはあの子は救えたのか？　あそこから引っ張り出せたのか？」

タラは首を振った。「ひっぱらない」

エディはぶるっと身を震わせた。がっくりとうなだれた。そうだったのか。オレの物語の終幕。

「おす」タラは言った。

彼は顔を上げた。「押す？」

「あのこのあし、おす。ひっぱらない。あなた、おす。大きいもの、おちる。あなた、あのこ、あんぜんにする」

エディは首を振って否定した。「でも、あの子の手にさわったんだ」彼は言った。「それだけは覚えてる。押したはずない。両手を握ったんだから」

タラはほほ笑んで川の水をすくい上げると、水に濡れた小さな手をエディの大きな大人の手に握らせた。すぐに分かった——前にも握ったことがある。

「あのこのて、ちがう」タラは言った。「わたしのて。わたし、あなた、てんごくにひっぱる。あなた、あんぜんにする」

少女がそう言ったとたんに、川の水位がさっと上昇してエディの腰も胸も肩も水につかった。エディがひと息つく前に、子供たちの喧騒は頭上に消え、彼は強く静かな流れの中に沈んだ。手はまだタラの手を握っていたが、魂からからだが、骨から肉が、洗い流されていくのが感じられ、それにつれて内に抱え込んでいた苦痛も疲労感も、肉体の傷も心の傷も、つらい思い出も、何もかもが消えていった。

彼はもはや無になっていた。水に漂う一枚の葉となっていた。少女が優しく彼を引き、影と光を抜けて、青色とアイヴォリー色とレモン色と黒色を抜けていった。通過した色はどれも生きていたころの彼の感情だった。彼は灰色の海でうねる波の間から、少女に引き上げられ、光り輝く明るみの中へと出たが、その下には信じられない光景が広がっていた——

何千という人々であふれているピア。男や女や、父親や母親や子供で埋め尽くされている——驚くほど大勢の子供たち。昔の子供たち、今の子供たち、これから生まれてくるまだ見ぬ子供たちが、肩を寄せ合い、手をつなぎ、帽子をかぶり、半ズボンをはき、歩道に、乗り物に、木製の昇降台に列をなし、肩車をし合ったり、抱っこし合ったり……この子たちがここにいるのは、あるいはこれからここへ来るのは、エディが生涯かけて単調な取るに足らない作業を続けてきたからだ。彼が事故を防ぎ、乗り物の安全を守り、毎日毎日、傍から見ただけでは分からないネジの調整をしてきたからだ。子供たちの唇が動かなくとも、エディには子供たちの声が聞こえていた。それも想像を絶する大勢の子供たちの声が。そして、それまで味わったことのない平穏が訪れた。

彼はタラの手から放たれて、砂浜の上空を、歩道の上空を、テントや尖塔の上空をふわふわと漂い、巨大な白い観覧車のてっぺんへと向かった。観覧車の一番上でそっと揺れているカートの中に、黄色いドレスを着た女性――妻のマーガリートが乗っていた。両腕を差し伸べて彼を待ち構えていた。彼女のほうへ腕を伸ばすと、彼女のほほ笑む顔が見えた。そして、それまで聞こえていたさまざまな声が融け合って、神の発するひとつの言葉となった――

おかえり。

エピローグ

ルビー・ピアは事故後三日目に再開された。エディの死は一週間ほど新聞で語られたが、その後はほかの死亡事故の記事に取って代わられた。

〈フレディのフリーフォール〉は、そのシーズン中は休止されたままだったが、翌年には新しい名前になって再開された――〈デアデヴィル・ドロップ〉。ティーンエイジャーたちはこれを勇気の勲章と考え、これ目当てに多くの客がやってきて、オーナーは大喜びだった。

エディのアパート――彼が子供のころから住んでいたあの部屋――には新しい借り手がついた。次の住人は、キッチンの窓に鉛入りのくもりガラスをはめ込んだから、回転木馬の姿はかすんでしまった。ドミンゲスはエディの仕事を引き継いだ。彼はエディのわずかばかりの私物をトランクに入れて、作業場の奥に置いた。そこには、創業当時の入場門の写真など、ルビー・ピアの記念品もいっしょに入れられている。

ケーブルを断ち切った車のキーの持ち主のニッキーは、家に帰ると新しいキーを作ったが、四

ヶ月後には車を売ってしまった。その後も彼はしょっちゅうルビー・ピアへ遊びにくるが、そのたびに友人に、ここの名前はオレのひいばあさんの名前にちなんでつけられたんだぜ、と得意げに話している。

新しい季節がきては去っていった。学校が終わって、日が長くなると、人々はまた広大な灰色の海辺に建つ遊園地へと戻ってくる――テーマパークほど大きくはないが、それでも十分大きなこの遊園地に。夏になると気分が上向き、海岸の波の歌に誘われて、人々は木馬や観覧車や冷たい飲み物やわた飴を求めてやってくる。

ルビー・ピアに列ができる――どこかよそで作られる列と同じように。五人の人間が列を作って待っている。それぞれえりすぐりの思い出の場所で。エイミーだかアニーだかという名の少女が大人になり、人を愛し、年をとり、死んで、そして、答えを求めてくるのを――なぜ自分は生きたのか、なんのために生きたのか。少女に会う順番を待つ五人の列の中に、わし鼻にひげをたくわえ、布の帽子をかぶった老人がいる。彼は〈スターダスト・バンド・シェル〉というところで、自分の知っている天国の秘密を教えてやろうと待っている――人はみな誰かと交わり、その誰かがまた誰かと交わり、世界はさまざまな物語でいっぱいだが、実はすべてはひとつの物語なのだと。

謝辞

著者としてまず、アミューズメンツ・オブ・アメリカのヴィニ・クールチとサンタモニカ埠頭《ピア》にあるパシフィック・パークの操作主任デーナ・ワイアットに感謝の意を述べたいと思います。お二人からは、この本に必要な情報を収集する際にたいへん貴重なご助言をいただきました。また、遊園地の客の安全を守ることにかけてのお二人のプライドには感動しました。次に、戦傷について教えてくださったヘンリー・フォード病院のデイヴィッド・コロン医師に感謝の意をささげます。そして、言わば何もかもこなしてくれたケリー・アレクサンダーにも感謝します。さらに、以下の方々に心から御礼申し上げます。ボブ・ミラー、エレン・アーチャー、ウィル・シュヴァルブ、レスリー・ウェルズ、ジェーン・カミンズ、ケイティ・ロング、マイケル・バーキン、フィル・ローズは私を励まし信じてくれました。デイヴィッド・ブラックは、理想的なエージェントと作家の関係を築いてくれました。ジャニーンは本書の朗読に、忍耐強く、何度も耳を傾けてくれました。ローダとアイラとカーラとピーターは私の観覧車初体験につき合ってくれました。最後に、私が私の物語を語る前に自身の物語を私に語ってくれた伯父である本物のエディに感謝の意を表します。

訳者あとがき

本書は『モリー先生との火曜日』（原題 *Tuesdays with Morrie*）で一躍有名になったミッチ・アルボムによる最新作『天国の五人』（原題 *The Five People You Meet in Heaven*）の全訳である。『モリー先生との火曜日』は一九九七年に出版されて以来、ニューヨーク・タイムズ紙のベストセラー・リストに四年連続名を連ね、一九九九年にはハードカバーだけで五百万部以上を売り上げたノンフィクション作品である。さらに、一九九九年にはジャック・レモン主演でテレビ映画化され、翌二〇〇〇年にはエミー賞を受賞し、アメリカでは舞台化も実現している。映像化に加えて原作のほうは三十二言語五十六か国（英語圏含む）で出版され、日本でもベストセラーとなったから内容はご存知の方も多いと思うが、ひとことで言えば、難病ALS（筋萎縮性側索硬化症）の宣告を受けた元大学教授モリー・シュワルツによる、いわば最終講義の記録である。当時既にスポーツジャーナリストとして成功を収めていた作者は毎週火曜日にモリー先生のもとへ通い、人生の達人とも言えるこの恩師から「人生の意味」を論されていく。

「事実は小説より奇なり」と言うが、ミッチ・アルボムはまさに奇跡のごとく人生を達観した人物の実話を書いた。その後、ファンを待たせること六年、今度は実に人間臭く現実的な人物エディを主人公に小説を著した。この『天国の五人』も、出版されたその週に三度も重版される勢いで売れ、たちまちベストセラーの仲間入りをしたという点は前作と同じだが、一見したところこの二冊はおもしろいほど対照的だ。まず、ノンフィクションとフィクションであること。そして、主人公が人生の達人と凡人であること。さらに、モリーの物語は死に向かうものであったのに対してエディの物語は彼の死から始まるということ。

ところが、両作品の向かうところは同じ、「人生の意味」である。モリーの残した言葉に「死んで人生は終わる、つながりは終わらない」という人生訓があるが、作者アルボムはこれをエディの人生で体現してみせる。もちろん、凡人エディは生涯それを知る機会に恵まれず、人生にもがき苦しみ絶望に近い境地に陥ったまま一生を終え、死後の世界でそれを知ることになるのだが。

ところで、フィクションとは言うものの、主人公のエディは実在した作者の伯父エディ（本名エドワード・バイチマン　一九〇八－一九九一）をモデルにしていて、死んでしまった人たちと天国で出会うという発想もこの伯父の話にヒントを得ている。伯父も主人公のエディ同様がっしりした体型をもったタフガイで、新天地で自分の運を試す夢を抱いたこともあったが、結局死ぬまで同じ場所で労働者としての一生を送った。そんな伯父は少年時代の作者にとって一族の中でもっとも輝かしい存在であり、英雄であった。しかし、伯父がこの世においていかに大切な存在であったか、そしていかに愛されていたかを作者は直接伝えることができなかった――伯父の人生は伯父ひとりのものに留まらないのだ、と。まさに、モリー先生の人生訓「死んで人生は終わる、つながりは終わらない」である。

『天国の五人』では、作者はこれを伯父の分身とも言うべき主人公のエディに天国で伝える――「人生は終わる、愛は終わらない」。さらに、無駄に生きて無駄に死んだと嘆くエディに「人生で唯一無駄なことがあるとしたら、それは自分は孤独だと思う瞬間だけ」と伝える人物も登場する。人が孤立した存在でないことについては、やはりモリー先生が「小さな波」のエピソードを引き合いに出して教えてくれている。そのくだりをそのまま引用すると――

「いいかい。実は、小さな波の話で、その波は海の中でぷかぷか上がったり下がったり、楽しい時を過ごしていた。気持ちのいい風、すがすがしい空気――ところがやがて、ほかの波たちが目の前で次々に岸に砕けるのに気がついた。

『わあ、たいへんだ。ぼくもああなるのか』

そこへもう一つの波がやってきた。最初の波が暗い顔をしているのを見て、『何がそんなに悲しいんだ?』とたずねる。

最初の波は答えた。『わかっちゃいないね。ぼくたち波はみんな砕けちゃうんだぜ! みんななんにもなくなる! ああ、おそろしい』

すると二番目の波がこう言った。『ばか、わかっちゃいないのはおまえだよ。おまえは波なんかじゃない。海の一部分なんだよ』」

（『モリー先生との火曜日』別宮貞徳訳より）

これは、自分がさまざまな「因」や「縁」に結ばれて成り立っていたことを悟ればいっさいの苦厄から解き放たれるという仏教思想に通じるところもあり、そうなると、エディの旅立った天国はひとつの宗教にとどまらず、大宇宙の大海であるようにも思えてくる。そして、彼のたどりついた答えは宗教や国境を越えた万人の「真実」だということになる。

死後を描くという一見荒唐無稽な試みは、小説だからこそ可能だったわけであり、この作品により、本来ジャーナリストでありノンフィクション作家であった作者は新しい標語を打ち立てることに成功したと言えるかもしれない――「小説は事実より真実なり」。

最後に、生きていく上で何より大切なこの真実を教えてくれた作者アルボムと、主人公エディと、伯父のエディと、作者の恩師モリーと、そして編集の田中秀直氏の五人に出会えたことに感謝したい。

二〇〇四年九月

小田島則子
小田島恒志

[著者]

ミッチ・アルボム　Mitch Albom

フィラデルフィア出身。コロンビア大学でジャーナリズムの修士号を取得。デトロイト・フリープレス紙のスポーツコラムニストとして活躍し、AP通信によって全米No. 1スポーツコラムニストに13回選ばれている。1997年、不治の病に侵された大学時代の恩師との二人だけの授業を綴った *Tuesdays with Morrie*（邦訳『モリー先生との火曜日』）を発表、アメリカで600万部を超えるなど、世界的なベストセラーとなる。本書 *The Five People You Meet in Heaven* は、初めてのフィクション。現在、妻ジャニーンとミシガン州フランクリンに在住。

[訳者]

小田島則子（おだしまのりこ）

早稲田大学博士課程、ロンドン大学修士（MA）課程修了。早稲田大学ほか、非常勤講師。おもな訳書にH・ガードナー他『ファットレディス・クラブ』（主婦の友社）、J・T・ウィリアムズ『クマのプーさんの魔法の知恵』、共訳書にJ・T・ウィリアムズ『クマのプーさんの哲学』（ともに河出書房新社）など。

小田島恒志（おだしまこうし）

早稲田大学博士課程、ロンドン大学修士（MA）課程修了。早稲田大学教授。戯曲の翻訳活動により湯浅芳子賞（1995年度翻訳・脚色部門）を受賞。おもな翻訳戯曲にJ・ソボル『GHETTO／ゲットー』、D・サミュエルズ『エヴァ、帰りのない旅』、T・ウィリアムズ『欲望という名の電車』など。訳書にM・フレイン『コペンハーゲン』（劇書房）、共訳書にR・クーニー『レイ・クーニー笑劇集』（劇書房）など。

これまでふたりの共訳書には、C・ライト『エミリーへの手紙』（NHK出版）、J・ソブラン『シェイクスピア・ミステリー』（朝日新聞社）、R・カーチス他『ビーン』『Mr. ビーンのらくがき帳』、T・パーソンズ『ビューティフル・ボーイ』『ビューティフル・ファミリー』（4冊とも河出書房新社）がある。

本文イラスト◎Phil Rose
編集協力◎林由喜子

天国の五人

2004(平成16)年11月20日　第1刷発行
2007(平成19)年2月15日　第4刷発行

著者◎ミッチ・アルボム

訳者◎小田島則子・小田島恒志

発行者◎大橋晴夫

発行所◎日本放送出版協会
〒150-8081 東京都渋谷区宇田川町41-1
電話　(03)3780-3308(編集)　(048)480-4030(販売)
ホームページ　http://www.nhk-book.co.jp
振替　00110-1-49701

印刷◎太平印刷社/大熊整美堂

製本◎石津製本

乱丁・落丁本はお取り替えいたします。定価はカバーに表示してあります。

ISBN978-4-14-005465-9 C0097　Printed in Japan

［普及版］モリー先生との火曜日

ミッチ・アルボム

別宮貞徳　訳

スポーツ記者のミッチは、テレビで大学の恩師・モリー先生をみかける。彼は難病ＡＬＳ（筋萎縮性側索硬化症）に侵されていた。16年ぶりの再会。モリーの最後の授業は「人生の意味」についてだった。全米ロングセラーの名作ノンフィクションが、普及版になって登場。